梁實秋

我在清华

梁实秋 著

刘宗永 纪篦 编

中国青年出版社

二校门（1911年建成）

目录

清华八年

我自民国四年进清华学校读书，民国十二年毕业，整整八年的功夫在清华园里度过。人的一生没有几个八年，何况是正在宝贵的青春？四十多年前的事，现在回想已经有些模糊，如梦如烟，但是较为突出的印象则尚未磨灭。

清华八年

一

　　我自民国四年进清华学校读书，民国十二年毕业，整整八年的功夫在清华园里度过。人的一生没有几个八年，何况是正在宝贵的青春？四十多年前的事，现在回想已经有些模糊，如梦如烟，但是较为突出的印象则尚未磨灭。有人说，人在开始喜欢回忆的时候便是开始老的时候。我现在开始回忆了。

　　民国四年，我十四岁，在北京新鲜胡同京师公立第三小学毕业，我的父亲接受朋友的劝告，要我投考清华学校。这是一个重大的决定，因为这个学校远在郊外，我是一个古老的家庭中长大的孩子，从来没有独自在街头闯荡过，这时候要捆起铺盖到一个陌生的地方去住,不是一件平常的事,而且在这个学校经过八年之后,便要漂洋过海离乡背井到新大陆去负笈求学,更是难以设想的事。所以父亲这一决定下来,母亲急得直哭。

清华学校在那时候尚不大引人注意。学校的创立乃是由于民国纪元前四年,美国老罗斯福总统决定退还庚子赔款半数,指定用于教育用途,意思是好的,但是带着深刻的国耻的意味。所以这学校的学制特殊,事实上是留美预备学校,不由教育部管理,校长由外交部派。每年招考学生的名额,按照各省分担的庚子赔款的比例分配。我原籍浙江杭县,本应到杭州去应试,往返太费事,而且我家寄居北京很久,也可算是北京的人家,为了取得法定的根据起见,我父亲特赴京兆大兴县署办理入籍手续,得到准许备案,我才到天津(当时直隶省会)省长公署报名。我的籍贯从此确定为京兆大兴县,即北京。北京东城属大兴,西城属宛平。

那一年直隶省分配名额为五名,报名应试的大概是三十几个人,初试结果取十名,复试再遴选五名。复试由省长朱家宝亲自主持。此公凤来喜欢事必躬亲,不愿假手他人,居恒有一颗闲章,文曰:"官要自作"。我获得初试入选的通知以后就到天津去谒见省长。十四岁的孩子几曾到过官署?大门口的站班的衙役一声吆喝,吓我一大跳,只见门内左右站着几个穿宽袍大褂的衙役垂手肃立。我逡巡走近二门,又是一声吆喝,然后进入大厅。十个孩子都到齐,有人出来点名。静静的等了一刻钟,一位面团团的老者微笑着踱了出来,从容不迫的抽起水烟袋,逐个的盘问我们几句话,无非是姓甚、名谁、几岁、什么属相之类的淡话。然后我们围桌而坐，各有毛笔、纸张放在面前，写一篇作文，题目是《孝悌为人之本》。这个题目我好像从前作过，于是不假思索援笔立就，总之是一些陈词滥调。

过后不久榜发，榜上有名的除我之外有吴卓、安绍芸、梅贻宝及一位未及入学即行病逝的应某。考取学校总是幸运的事，虽然那时候我自己以及一般人并不怎样珍视这样的一个机会。

就是这样我和清华结下了八年的缘分。

二

八月末，北京已是初秋天气，我带着铺盖到清华去报到，出家门时母亲直哭，我心里也很难过。我以后读英诗人 Cowper 的传记时之特别同情他，即是因为我自己深切体验到一个幼小的心灵在离开父母出外读书时的那种滋味——说是 "第二次断奶" 实在不为过。第一次断奶固然苦痛，但那是在孩提时代，尚不懂事，没有人能回忆自己断奶时的懊恼，第二次断奶就不然了，从父母身边把自己扯开，在心里需要一点气力，而且少不了一阵辛酸。

清华园在北京西郊外的海淀的西北。出西直门走上一条漫长的马路，沿途有几处步兵统领衙门的 "堆子"，清道夫一铲一铲的在道上洒黄土，一勺一勺的在道上泼清水，路的两旁是铺石的路，专给套马的大敞车走的。最不能忘的是路边的官柳，是真正的垂杨柳，好几丈高的丫杈古木，在春天一片鹅黄，真是柳眼挑金。更动人的时节是在秋后，柳丝飘拂到人的脸上，一阵阵的蝉噪，夕阳古道，情景幽绝。我初上这条大道，离开温暖的家，走向一个新的环境,心里不知是什么滋味。

海淀是一小乡镇,过仁和酒店微闻酒香,那一家的茵陈酒"莲花白"是有名的,再过去不远有一个小石桥,左转趋颐和园,右转经圆明园遗址,再过去就是清华园了。清华园原是清室某亲贵的花园,大门上"清华园"三字是大学士那桐题的,门并不大,有两扇铁栅,门内左边有一棵状如华盖的老松,斜倚有态,门前小桥流水,桥头上经常系着几匹小毛驴。

园里谈不到什么景致,不过非常整洁,绿草如茵,校舍十分简朴,但是一尘不染。原来的一点点中国式的园林点缀保存在"工字厅"、"古月堂",尤其是工字厅后面的荷花池。徘徊池畔,有"风来荷气,人在木阴"之致。塘坳有亭翼然,旁有巨钟为报时之用。池畔松柏参天,厅后匾额上的"水木清华"四字确是当之无愧。又有长联一副:"槛外山光,历春夏秋冬,万千变幻,都非凡境;窗中云影,任东西南北,去来澹荡,洵是仙居。"(祁嶲藻书)我在这个地方不知道消磨了多少黄昏。

西园榛莽未除,一片芦蒿,但是登土山西望,圆明园的断垣残石历历可见,俯仰苍茫,别饶野趣。我记得有一次郁达夫特来访问,央我陪他到圆明园去凭吊遗迹,除了那一堆石头,什么也看不见了,所谓"万园之园"的四十美景只好参考后人画图于想象中得之。

三

清华分高等科、中等科两部分。刚入校的便是中等科的一年级生。中等四年,高等四年,毕业后送到美国去,这两部分是隔离的,食、宿、教室均不在一起。

　　学生们是来自各省的,而且是很平均的代表着各省,因此各省的方言都可以听到。我不相信除了清华之外,有任何一个学校其学生籍贯是如此的复杂。有些从广东、福建来的,方言特殊,起初与外人交谈不无困难,不过年轻的人学语迅速,稍后亦可适应。由于方言不同,同乡的观念容易加强,虽无同乡会的组织,事实上一省的同乡自成一个集团。我是北京人,我说国语,大家都学着说国语,所以我没有方言,因此我也就没有同乡观念。如果我可以算得是北京土著,像我这样的土著,清华一共没有几个(原籍满族的陶世杰、原籍蒙族的杨宗瀚都可以算是真正的北京人)。北京也有北京的土语,但是从这时候起我就和各个不同省籍的同学交往,我只好抛弃了我的土语的成分,养成使用较为普通的国语的习惯。我一向不参加同乡会之类的组织,同时我也没有浓厚的乡土观念,因为我在这样的环境有过八年的熏陶,凡是中国人都是我的同乡。

　　一天夜里下大雪,黎明时同屋的一位广东同学大惊小怪的叫了起来:"下雪啦! 下雪啦!"别的寝室的广东同学也出来奔走相告,一个个从箱里取出羊皮袍穿上,但是里面穿的是单布裤子!

　　有一位从厦门来的同学,因为言语不通没人可以交谈,孤独郁闷而精神失常,整天用英语喊叫:"我要回家!我要回家!"高等科有一位是他的同乡,但是不能时常来陪伴他。结果这位可怜的孩子被遣送回家了。

　　我是比较幸运的,每逢星期日,我缴上一封家长的信便可获准出校返家,骑驴抄小径,经过大钟寺,到西直门,或是坐一小时的人力车遵大道进城。在家里吃一顿午饭,不大功夫夕阳西下又该回学校去了。回家的手续是在星期六晚办妥的,领一个写着姓名的黑木牌,第二天交到看守大门的一位张姓老头的手里,才得出门。平常是不准越大门一步的。但是高等科的同学们,和张老头打个招呼,也可以出门走走,买点什么鸭梨、柿子、烤白薯之类的东西。

新生是一群孩子,我这一班里以项君为最矮小,有一回他掉在一只大尿桶里几乎淹死。二三十年后我在天津遇到他,他已经任一个银行的经理,还是那么高,想起往事不禁发出会心的微笑。

新生的管理是很严格的。斋务主任陈筱田先生是个了不起的人物,天津人,说话干脆而尖刻,精神饱满,认真负责。学生都编有学号,我在中等科时是五八一,在高等科时是一四九,我毕业后十几年在南京车站偶然遇到他,他还能随口说出我的学号。每天早晨七点打起床钟,赴盥洗室,每人的手巾、脸盆都写上号码,脏了要罚。七点二十分吃早饭,四碟咸菜如萝卜干、八宝菜之类,每人三个馒头,稀饭不限。饭桌上,也有各人的学号,缺席就要记下处罚。脸可以不洗,早饭不能不去吃。陈先生常常躲在门后,拿着纸笔把迟到的一一记下,专写学号,一个也漏不掉。我从小就有早起的习惯,永远在打钟以前很久就起床,所以从不误吃早饭。

学生有久久不写平安家信以致家长向学校查询者,因此学校规定每两星期必须写家信一封,交斋务室登记寄出。我每星期回家一次,应免此一举,但格于规定仍须照办。我父亲说这是很好的练习小楷的机会,特为我在荣宝斋印制了宣纸的信笺,要我恭楷写信,年终汇订成册,留作纪念。

学生身上不许带钱,钱要存在学校银行里,平常的零用钱可以存少许在身上,但一角钱一分钱都要记账,而且是新式簿记,有明细账,有资产负债对照表,月底结算完竣要呈送斋务室备核盖印然后发还。在学校用钱的机会很少,伙食本来是免费的,我入校的那一年才开始收半费,每月伙食是六元半,我交三元,在我以后就是交全费的了,洗衣服每月二元,这都是在开学时交清了的。理发每次一角,手术不高明,设备也简陋,有一样好处——快,十分钟连揪带拔一定完工。(我的朋友张心一来自甘肃,认为一角钱太贵,总是自剃光头,青白油亮,只是偶带刀痕。)所以花钱只是买零食。校内有一个地方卖日用品及食物,起初名为嘉华公司,后改称为售品所,卖豆浆、点心、冰激凌、花生、栗子之类。只有在寝室里可以吃东西,在路上走的时候吃东西是被禁止的。

洗澡的设备很简单,用的是铅铁桶,由工友担冷热水。孩子们很多不喜欢亲近水和肥皂,于是洗澡便需要签名,以备查核。规定一星期洗澡至少两次,这要求并不过分,可是还是有人只签名而不洗澡。照规定一星期不洗澡予以警告,若仍不洗澡则在星期五下午四时周会(名为伦理演讲)时公布姓名,若仍不洗澡则强制执行,派员监视。以我所知,这规则尚不曾实行过。

看小说也在禁止之列。小说是所谓"闲书",据说是为成年人消遣之用,不是诲淫就是诲盗,年轻人血气未定,看了要出乱子的。可是像《水浒》、《红楼》之类我早就在家里看过,也是偷着看的,看到妙处心里确是怦怦然。

我到清华之后,经朋友指点,海淀有一家小书店可以买到石印小字的各种小说。我顺便去了一看，琳琅满目，如入宝山，于是买了一部《绿牡丹》。有一天晚上躺在床上偷看，字小，纸光，灯暗，倦极抛卷而眠，翌晨起来就忘记从枕下捡起，斋务先生查寝室，伸手一摸就拿走了。当天就有条子送来，要我去回话，我还不知道是什么事。只见陈先生铁青着脸，把那本《绿牡丹》往我面前一丢，说："这是嘛？""嘛"者，天津话"什么"也。我的热血涌到脸上，无话可说，准备接受打击。也许是因为我是初犯，而且并无其他前科，也许是因为我诚惶诚恐俯首认罪，使得惩罚者消了不少怒意，我居然除了受几声叱责及查获禁书没收之外没有受到惩罚。依法，这种罪过是要处分的，应于星期六下午大家自由活动之际被罚禁闭，地点在"思过室"。这种处分是最轻微的处分，在思过室里静坐几小时，屋里壁上满挂着格言，所谓"闭门思过"。凡是受过此等处分的，就算是有了纪录，休想再能获得品行优良奖的大铜墨盒。我没进过思过室，可是也从来没有得过大铜墨盒，可能是受了《绿牡丹》事件的影响。我们对于得过墨盒的同学们既不嫉妒亦不羡慕，因为人人心里明白那个墨盒的代价是什么，并且事后证明墨盒的得主将来都变成了什么样的角色。

　　思过是要牌示的，若干次思过等于记一小过，三小过为一大过，三大过则恶贯满盈实行开除。记过开除之事在清华随时有之，有时候一向品学兼优的学生亦不能免于记过。比我高一班的潘光旦曾告诉我他就被记小过一次，事由是他在严寒冬夜不敢外出如厕，就在寝室门外便宜行事。事有凑巧，陈斋务主任正好深夜巡查，迎面相值当场查获。当时未交一语，翌日挂牌记过。光旦认为这是很有趣的一件事，从不讳言。中等科的厕所（绰号九间楼)在夜晚是没有人敢去的,面临操场,一片寂寥,加上狂风怒吼,孩子们是有一点怕。最严重的罪过是偷窃,一经破获,立刻开除。有时候拿了人家的一本字典或是拿了人家一匹夏布,都要受最严重的处分。趁上课时扃闭寝室通路,翻箱倒箧实行突检,大概没有窃案不被破获的。虽然用重典,总还有人要蹈法网。有些学生被当作"线民"使用,负责打小报告。这种间谍制度后来大受外国教员指责,不久就废弃了。做线民的大概都是得过墨盒的。

清华对于年幼的学生还有过一阵的另一训导制度,三五个年幼的学生配给一个导师,导师由高等科的大学生担任之,每星期聚会一次,在生活上予以指导。指导我的是一位沈隽淇先生,大概比我大七八岁,道貌岸然,不苟言笑。这制度用意颇佳,但滞碍难行,因为硬性配给,不免扞格。此制行之不久即废,沈隽淇先生毕业后我也从来没听见过他的消息。

严格的生活管理只限于中等科,我们事后想想,像陈筱田先生所执行的那一套管理方法,究竟是利多弊少,许多做人做事的道理,本来是应该在幼小的时候就要认识。许多自然主义的教育信仰者,以为儿童的个性应该任其自由发展,否则受了摧残以后,便不得伸展自如。至少我个人觉得我的个性没有受到压抑以至于以后不能充分发展。我从来不相信"树大自直"。等我们升到高等科,一切管理松弛多了,尤其是正值五四运动之后,学生的气焰万丈,谁还能管学生?

四

清华是预备留美的学校,所以课程的安排与众不同,上午的课如英文、作文、公民（美国公民）、数学、地理、历史（西洋史）、生物、物理、化学、政治学、社会学、心理学……都一律用英语讲授，一律用美国出版的教科书；下午的课如国文、历史、地理、修身、哲学史、伦理学、修辞、中国文学史……都一律用国语，用中国的教科书。这样划分的目的，显然的要加强英语教学，使学生多得听说英语的机会。上午的教师一部分是美国人，一部分是能说英语的中国人。下午的教师是一些中国的老先生，好多都是在前清有过功名的。但是也有流弊，重点放在上午，下午的课就显得稀松。尤其是在毕业的时候，上午的成绩需要及格，下午的成绩则根本不在考虑之列。因此大部分学生轻视中文的课程。这是清华在教育上最大的缺点，不过鱼与熊掌不可得兼，顾了英文就不容易再顾中文，这困难的情形也是可以理解的。可惜的是学校没有想出更合理的办法，同时对待中文教师之差别待遇也令学生生出很奇异的感想，薪给特别低，集中住在比较简陋的古月堂，显然中文教师是不受尊重的。这在学生的心理上有不寻常的影响，一方面使学生蔑视本国的文化，崇拜外人，另一方面激起反感，对于洋人偏偏不肯低头。我个人的心理反应即属于后者，我下午上课从来不和先生捣乱，上午在课堂里就常不驯顺。而且我一想起母校，我就不能不联想起庚子赔款、义和团、吃教的洋人、昏聩的官吏……这一连串的联想使我惭愧、愤怒。我爱我的母校，但这些联想如何能使我对我母校毫无保留的感觉骄傲呢？

清华特别注重英文一课，由于分配的钟点特多，再加上午其他各课亦用英语讲授，所以平均成绩可能较一般的学校略胜。使用的教本开始时是《鲍尔文读本》，以后就由浅而深的选读文学作品,如《阿丽斯异乡游记》、《陶姆·伯朗就学记》、《柴斯·菲德训子书》、《金银岛》、《欧文杂记》,阿迪生的《洛杰爵士杂记》、霍桑的《七山墙之屋》、《块肉余生述》、《朱立阿·西撒》、《威尼斯商人》等等。前后八年教过我英文的老师有马国骥先生、林语堂先生、孟宪承先生、巢堃霖先生,美籍的有 Miss Baeder,Miss Clemens,Mr. Smith 等。马、林、孟三位先生都是当时比较年轻的教师,不但学问好,教法好,而且热心教学,是难得的好教师。巢先生是在英国受教育的,英文根底极好。我很惭愧的是我曾在班上屡次无理捣乱反抗,使他很生气。但是我来台湾后他从香港寄信给我,要我到香港大学去教中文。我感谢这位老师尚未忘记几十年前的一个顽皮的学生。两位美籍的女教师使我特殊受益的倒不在英文训练,而在她们教导我们练习使用"议会法",这一套如何主持会议、如何进行讨论、如何交付表决等等的艺术,以后证明十分有用。这也就是孙中山先生所谓的"民权初步"。在民主社会里到处随时有集会,怎么可以不懂集会的艺术?我幸而从小就学会了这一套,以后受用不浅,以后每逢我来主持任何大小会议,我知道如何控制会场秩序,如何迅速的处理案件的讨论。她们还教了我们作文的方法,题目到手之后,怎样先作大纲,怎样写提纲挈领的句子,有时还要把别人的文章缩写成为大纲,有时从一个大纲扩展成为一篇文章,这一切其实就是思想训练,所以不仅对英文作文有用,对国文也一样的有用。我的文章写得不好,但如果层次不太紊乱,思路不太糊涂,其得力处在此。美国的高等学校大概就是注重此种教学方法,清华在此等处模仿美国,是有益的。

上午的所有课程有一特色，即是每次上课之前学生必须作充分准备，先生指定阅览的资料必须事先读过，否则上课即无从听讲或应付。上课时间用在练习讨论者多，用在讲解者少，同时鼓励学生发问。我们中国学生素来没有当众发问的习惯，美籍教师常常感觉困惑，有时指名发问令其回答，造成讨论的气氛。美国大学里的课外指定阅读的资料分量甚重，所以清华先有此种准备，免得到了美国顿觉不胜负荷。我记得到了高等科之后，先生指定要读许多参考书，某书某章必须阅读，我们在图书馆未开门之前就排了长龙，抢着阅读参考书架上的资料，迟到者就要等候。

我的国文老师中使我获益最多的是徐镜澄先生，我曾为文纪念过他（见《秋室杂文》）。他在中等科教我作文一年，批改课业大勾大抹，有时全页都是大墨杠子，我几千字的文章往往被他删削得体无完肤，只剩下三二百字。我始而懊恼，继而觉得经他勾改之后确实是另有一副面貌，终乃接受了他的"割爱主义"：写文章少说废话，开门见山；拐弯抹角的地方求其挺拔，避免芜茸。

午后的课程大致不能令学生满意。学校聘请教员只知道注意其有无举人、进士的头衔，而不问其是否为优良教师。尤其是"五四"以后的几年，学生求知若渴，不但要求新知，对于中国旧学问也要求用新眼光来处理。比我低一班的朱湘先生就跑到北大旁听去了。清华午后上课情形简直是荒唐！先生点名，一个学生可以代替许多学生答到，或者答到之后就开溜，留在课室者可以写信、看小说甚至打瞌睡，而先生高踞讲坛视若无睹。我记得清清楚楚，有一位叶先生年老而无须，有一位学生发问了："先

清华学校时期科学馆外景（1919年建成）

生,你为什么不生胡须?"先生急忙用手遮盖他的下巴,缩颈俯首而不答,全班哄笑。这一类不成体统的事不止一端。

于此我不能不提到梁任公先生。大概是我毕业前一年,我们几个学生集议想请他来演讲。他的大公子梁思成是我同班同学,梁思永、梁思忠也都在清华,所以我们经过思成的关系一约就成了。任公先生的学问、事业是大家敬仰的,尤其是他心胸开朗,思想赶得上潮流,在"五四"以后俨然是学术重镇。他身体不高,头秃,双目炯炯有光,走起路来昂首阔步,一口广东官话,声如洪钟。他讲演的题目是《中国韵文里表现的情感》。他情感丰富,记忆力强,用手一敲秃头便能背诵出一大段诗词,有时手之舞之足之蹈之,有时口沫四溅涕泗滂沱,频频的从口袋里掏出一块大毛巾来揩眼睛。这篇演讲分数次讲完,有异常的成功,我个人对中国文学的兴趣就是被这一篇演讲所鼓动起来的。以前读曾毅《中国文学史》,因为授课的先生只是照着书本读一遍,毫无发挥,所以我越读越不感兴趣。任公先生以后由学校聘请,住在工字厅主讲"中国历史研究法",更以后清华大学成立,他被聘为研究所教授,那是后话了。

还有些位老师我也是不能忘记的。教音乐的 Miss Seeley 和教图画的 Miss Starr 和 Miss Lyggate 都启迪了我对艺术的爱好。我本来喉音不坏,被选为"少年歌咏团"的团员,一共十二个人,除了我之外有赵敏恒、梅旸春、项谔、吴去非、李先闻、熊式一、吴鲁强、胡光澄、杜钟珩、郭殿邦等。我的嗓音最高,曾到城里青年会表演过一次 Human Piano("人造钢琴"),我代表最高音。以后我倒了嗓子,同时 Seeley 女士离校后也没有人替其指导,我对音乐便失去了兴趣，没有继续修习，以至于如今对于音乐几乎完全是个聋子，中国音乐不懂，外国音乐也不通，变成了一个"内心没有音乐的人"，想起来实在可怕。讲到国画，我从小就喜欢，涂抹几笔是可以的，但无天才。清华的这两位教师给我的鼓励太多了，要我画炭画，描石膏像。记得最初是画院里的一棵松树，从基本上学习，但我没有能持续用功。我妄以为在小学时即已临摹王石谷、恽南田，如今还要回过头来画这些死东西？自以为这是委屈了我的才能，其实只是狂傲无知。到如今一点基本的功夫都没有，还谈得到什么用笔用墨？幼年时对艺术有一点点爱好，不值什么，没加上苦功，便毫无可观，我便是一例。

我不喜欢的课是数学。在小学时"鸡兔同笼"就已经把我搅昏了头，到清华习代数、几何、三角，更格格不入，从心里厌烦，开始时不用功，以后就很难跟上去，因此视数学课为畏途。我的一位同学孙筱孟比我更怕数学，每回遇到数学月考大考，他一看到题目就好像是"贾宝玉神游太虚幻境"一般，匆匆忙忙回寝室换裤子，历次不爽。我那时有一种奇异的想法，我将来不预备习理工，要这劳什子做什么？以"兴趣不合"四个字掩饰自己的懒惰、愚蠢。数学是人人要学的，人人可以学的，那是一种纪律，无所谓兴趣之合与不合。后来我和赵敏恒两个人同在美国一个大学读书，清华的分数单上数学一项都是勉强及格六十分，需要补修三角与立体几何。我们一方面懊恼，一方面引为耻辱，于是我们两个拼命用功，结果我们两个在全班上占第一、第二的位置，大考特准免予参加，以"甲上"成绩论。这证明什么？这证明没有人的兴趣是不近数学的，只要按部就班的用功，再加上良师诱导，就会发觉里面的趣味,万万不可任性,在学校里读书时万万不可相信什么"趣味主义"。

生物、物理、化学三门并非全是必修,预备习文法的只要修生物即可,这一规定也害我不浅。我选了比较轻松的生物。教我们生物的陈隽人先生,他对我们很宽,我在实验室里完全把时间浪费了。我怕触及蚯蚓、田鸡之类的活东西,闻到珂罗芳的味道就头痛,把蛤蟆四肢钉在木板上开刀取心脏是我最怵的事,所以总是请同学代为操刀,敷衍了事。物理、化学根本没有选修,至今引为憾事。

我的手很笨拙,小时候手工一向很坏,编纸、插豆、泥工、竹工的成绩向来羞于见人。清华亦有手工一课,教师是周永德先生。有一次,他要我们每人做一个木质的方锥体,我实在做不好,就借用同学徐宗沛所做的成品去搪塞交上。宗沛的手是灵巧的,他的方锥体做得方方正正、有棱有角,周先生给他打了个九十分。我拿同一个作品交上去,他对我有偏见,仅打了七十分,我不答应,我自己把真相说穿。周先生大怒,说我不该借用别人的作品。我说:"我情愿受罚,但是先生判分不公,怎么办呢?"先生也笑了。

五

清华对于体育特别注重。

每早晨第二堂与第三堂之间有十五分钟的柔软操。钟声一响,大家涌到一个广场上,地上有写着号码的木桩,各按号码就位立定,由舒美科先生或马约翰先生领导活动,由助教过来点名。这十五分钟操，如果认真做，也能浑身冒汗。这是很好的调剂身心的办法。

下午四时至五时有一小时的强迫运动。届时所有的寝室、课室房门一律上锁，非到户外运动不可，至少是在外面散步或看看别人运动。我是个懒人，处此情形之下，也穿破了一双球鞋，打烂了三五只网球拍，大腿上被棒球打黑了一大块。可惜到了高等科就不再强迫了。经常运动有助于健康，不，是健康之绝对的必需的条件，而且身体的健康，也必有助于心理的健康。年轻时所获致的健康也是后来求学做事的一笔资本。那时清华的一般的学生比较活泼一些，少老气横秋的态度，也许是运动比较多一点的缘故。

学生们之普遍的爱好运动的习惯之养成是一件事，选拔代表与别的学校竞赛则是又一件事。清华对于选手的选拔、培养与爱护也是做得很充分的。选手要勤练习，体力耗损多，食物需要较高的热量，于是在食堂旁边另设"训练桌"，大鱼大肉，四盘四碗，同学为之侧目。运动员之德、智、体三育均优者固然比比皆是，但在体育方面畸形发展的亦非绝无仅有。有一位玩球的健将就是功课不够理想，但还是设法留在校内以便为校立功，这种恶劣的作风是大家都知道的。

清华的运动员给清华带来不少的荣誉，在各种运动比赛中总是占在领导的位置。在最初的几次远东运动会中，清华的选手赢得不少锦标，为国家争取光荣。我记得最清楚的是一场足场赛和一场篮球赛。上海南洋大学的足球队在华中称雄，远征华北，以清华为对象。大家都觉得胜败未可逆料，不无惴惴。清华的阵容是：前锋徐仲良、姚醒黄、关颂韬、华秀升、邝××，后卫之一是李汝祺，守门是董大酉。这一战打得好精彩！徐仲良脚头有劲，射门准而急，关颂韬最会盘球，三两个人奈何不得他，冲锋陷阵如入无人之境，结果清华以逸待劳，侥幸大胜。这是在星期六下午举行的，星期一补放假一天以资庆祝，这是什么事！另一场篮球赛是对北师大。北师大在体育方面也是人才辈出，篮球队中一位魏先生尤负盛名。北师大和清华在篮球不相上下，可说势均力敌。清华的阵容是：前锋有时昭涵、陈崇武，后卫有孙立人、王国华。以这一阵容为基本的篮球队曾打垮菲律宾、日本的代表队。鏖战的结果，清华占地利因而险胜，孙立人、王国华的截球之稳练不能不令人叹为观止。附带提起，现在台湾的程树仁先生也是清华的运动健将，他继曹懋德为足球守门，举臂击球，比用脚踢还打得远些。他现在年近七十而强健犹昔，是清华的体育精神的代表。

清华毕业时照例要考体育，包括田径、爬绳、游泳等项。我平常不加练习，临考大为紧张，马约翰先生对于我的体育成绩只是摇头太息。我记得我跑四百码的成绩是九十六秒，人几乎晕过去；一百码是十九秒。其他如铁球、铁饼、标枪、跳高、跳远都还可以勉强及格。游泳一关最难过。清华有那样好的游泳池，按说有好几年的准备应该没有问题，可惜是这好几年的准备都是在陆地上，并未下过水里，临考只得舍命一试。我约了两位同学各持竹竿站在两边，以备万一。我脚踏池边猛然向池心一扑，这一下就浮出一丈开外，冲力停止之后，情形就不对了。原来水里也有地心吸力，全身直线下沉。喝了一大口水之后，人又浮到水面；尚未来得及喊"救命"，已经再度下沉。这时节两根竹竿把我挑了起来，成绩是不及格，一个月后补考。这一个月我可天天练习了，好在不止我一人，尚有几位陪伴我。补考的时候也许是太紧张，老毛病又发了，身体又往下沉。据同学告诉我，我当时在水里扑腾得好厉害，水珠四溅，翻江倒海一般，否则也不会往下沉。这一沉，沉到了池底，我摸到大理石的池底，滑腻腻的。我心里明白，这一回只许成功不许失败，便在池底连爬带游的前进，喝了几口水之后，头已露出水面，知道快泳完全程了，于是从从容容来了几下子蛙式泳，安安全全的跃登彼岸。马约翰先生笑得弯了腰，挥手叫我走，说："好啦，算你及格了。"这是我毕业时极不光荣的一个插曲。我现在非常悔恨，年轻时太不知道重视体育了。

清华的体育活动也并不完全是洋式的，也有所谓国术，如打拳、击剑之类。教师是李剑秋先生，他的拳是外家一路，急而劲，据说很有功夫，有时也开会表演，邀来外面的各路英雄，刀枪剑戟陈列在篮球场上。主人先垫垫脚，然后一十八般武艺一样一样的表演上场，其中包括空手夺刀之类。对于这种玩艺，同学中也有乐此不疲者，分头在钻研太极八卦、少林石头的奥秘。

六

五四运动发生在一九一九年，我在中等科四年级，十八岁，是当时学生群中比较年轻的一员。清华远在郊外，在五四过后第二三天才和城里的学生联络上。清华学生的领导者是陈长桐。他的领导才能（charisma）是天生的，他严肃而又和蔼，冷静而又热情，如果他以后不走进银行而走进政治，他一定是第一流的政治家。他的卓越的领导能力使得清华学生在这次运动里尽了应尽的责任,虽然以后没有人以"五四健将"而闻名于世。自五月十九日以后,北京学生开始街道演讲。我随同大队进城,在前门外珠市口,我们一小队人从店铺里搬来几条木凳横排在街道上,人越聚越多,讲演的情绪越来越激昂。这时有三两部汽车因不得通过而乱按喇叭,顿时激怒了群众,不知什么人一声喝打,七手八脚的捣毁了一部汽车。我当时感觉到大家只是一股愤怒不知向谁发泄,恨政府无能,恨官吏卖国,这股恨只能在街上如醉如狂的发泄了。在这股洪流中没有人能保持冷静,此之谓"群众心理"。那部被打的汽车是冤枉的,可是后来细想也许不冤枉,因为至少那个时候坐汽车而不该挨打的人究竟为数不多。

章宗祥的儿子和我同一寝室。五四运动勃发之后,他悄悄的走避了,但是许多人不依不饶的拥进了我的寝室,把他的床铺捣烂了,衣箱里的东西狼藉满地。我回来看到很反感,觉得不该这样做。过后不久他害猩红热死了。

六月三日、四日,北京学生千余人在天安门被捕,清华的队伍最整齐,所以集体被捕,所占人数也最多。

清华因为继续参加学生运动而引起学校当局的不满,校长张煜全先生也许是用人不当,也许是他自己过分慌张,竟乘学生晚间开会之际切断了电线。他以为这一着可以迫使学生散去,想不到激怒了学生,当时点起蜡烛继续开会,这是对当局之公然反抗。事有凑巧,会场外忽然发现了三五个衣裳诡异、打着纸灯笼的乡巴佬,经盘问后,原来是由学校当局请来的乡间"小锣会"来弹压学生的。所谓小锣会,即是乡村农民组织的自卫团体,遇有盗警之类的事变就以敲锣为号,群起抵抗,是维持地方治安的一种组织。糊涂的学校当局竟把这种人请进学校来对付学生,真是自寻烦恼。学生们把小锣会团团围住,让他们具结之后便把他们驱逐出校。但是驱逐校长的风潮也因此而爆发了。

"五四"往好处一变而为新文化运动,往坏处一变而为闹风潮。清华的风潮是赶校长。张煜全、金邦正接连着被学生列队欢送迫出校外,其后是罗忠诒根本未能到差。这一段时期学生领导人之最杰出者为罗隆基,他私下里常说"九年清华,三赶校长"是实有其事。清华的传统的管理学生的方式崩溃了,学生会的坚强组织变成学生生活的中心。学生自治也未始不是一个好的现象,不过罢课次数太多,一快到暑假就要罢课,有人讥笑我们是怕考试,然乎否乎根本不值一辩,不过罢课这个武器用得次数太多反而失去同情则确是事实。

五四运动原是一个短暂的爱国运动,热烈的、自发的、纯洁的,"如击石火,似闪电光",很快的就过去了。可是年轻的学生经此刺激、震动而突然觉醒了,登时表现出一股蓬蓬勃勃的朝气,好像是蕴藏、压抑多年的情绪与生活力,一旦获得了迸发、奔放的机会,一发而不可收拾,沛然而莫之能御。当时以我个人所感到的而言,这一股力量在两点上有明显的表现:一是学生的组织,一是广泛的求知欲。

在这以前,学生们都是听话的乖孩子,对权威表示服从,对教师表示尊敬,对职员表示畏惧。我刚到清华的时候,见到校长周寄梅先生,真觉得战战兢兢,他自有一种威仪使人慑服。至今我仍然觉得他有极好的风度,在我所知道的几任清华校长之中,他是最令大家翕服的一个。学校的组织与规程,尽管有不合理处，学生们不敢批评，更不敢有公然反抗的举动。除了对于国文教师常有轻慢的举动以外，学生对一般教师是恭顺的，无论教师多么不称职，从没有被学生驱逐的。在中等科时，一位国文先生酒醉，拿竹板打了学生的手心，教务长来抢走了竹板，事情也就平息了。这事情若发生在今天那还了得！清华管理严格，记过、开除是经常有的事，一纸开除的布告贴出，学生乖乖的卷铺盖，只有一次例外。我同班的一位万同学，因故被开除，他跑到海淀喝了一瓶"莲花白"，红头涨脸的跑回来，正值斋务主任李胡子在饭厅和学生们一起用膳，就在大庭广众之下，上去一拳把他打倒在地。这是绝无仅有的一次犯上作乱的精彩表演。

"五四"以后情形完全不同了。首先要说起学校当局之颟顸无能。当局糊涂到用关灭电灯的方法来防止学生开会，召进乡间的"小锣会"，打着灯笼、拿着棍棒到学校里来弹压学生，这如何能令学生心服？周校长以后的几任校长，都是外交部派来的闲散的外交官，在做官方面也许是内行的，但是平素学问、道德未必能服人，遇到这动荡时代更不懂得青年心理，当然是治丝益棻，使事态恶化。数年之内，清华数易校长，每一位都是在极狼狈的情形之下离去的。学生的武器便是他们的组织——学生会。从前的班长、级长都是些当局属意的"墨盒"持有人，现在的学生会的领导者是些有组织能力的分子担当。所谓"团结即是力量"，道理是不错的。原来为了遂行爱国运动而组织起来的学生会，性质逐渐扩大，目标也逐渐转移了，学生要求自治，学生也要过问学校的事。清华的学生组织是相当健全的，分评议会与干事会两部分，评议会是决议机关，干事会是执行机关，评议员是选举的。我在清华最后几年一直是参加评议会的。我深深感觉"群众心理"是很可怕的，组织的力量如果滥用也是很可怕的。我们在短短期间内驱逐的三位校长，其中有一位根本未曾到校，他的名字是罗忠诒，不知什么人传出了消息，说他吸食鸦片烟，于是喧嚷开来，舆论哗然，吓得他未敢到任。人多势众的时候往往是不讲理的。学生会每逢到了五六月的时候，总要闹罢课的勾当。如果有人提出罢课的主张，不管理由是否充分，只要激昂慷慨一番，总会通过。罢课曾经是赢得伟大胜利的手段，到后来成了惹人厌恶的荒唐行为。不过清华的罢课当初也不是没有远大目标的。一九二二年三月间，罗隆基写了一篇《彻底翻腾的清华革命》，发表在北京《晨报》。翌年三月间由学生会印成小册子，并有梁任公先生及凌冰先生的序言，一致赞成清华应有一健全的董事会。可见清华革命之说确是合乎当时各方的要求。

嚣张是不须讳言的，但是求知的欲望也同时变得非常旺盛，对于一切的新知都急不暇择的吸收进去。我每次进城，在东安市场、劝业场、青云阁等处书摊旁边不知消磨多少时光，流连不肯去，几乎凡有新刊必定购置。不是我一人如此，多少敏感的青年学生都是如此。

我记得仔细阅读过的书刊包括有：胡适的《实验主义》、《尝试集》、《短篇小说集》、《中国哲学史》，周作人的《欧洲文学史》、《域外小说集》，王星拱的《科学方法论》，潘家询译的《易卜生戏剧》，"少年中国"的丛书，共学社的丛书，《晨报》丛书等等。《新潮》、《新青年》等杂志更不待言，是每期必读的。当然，那时候学力未充，鉴别无力，自己并无坚定的见地，但是扩充眼界，充实腹筿,总是一件好事。所以我那时看的东西很杂,进化论与互助论、资本论与安那其主义、托尔斯泰与萧伯纳、罗素与柏格森、泰戈尔与王尔德,兼收并蓄,杂糅无章。没有人指导,没有人讲解,暗中摸索,有时自以为发掘到宝藏而沾沾自喜,有时全然失去比例与透视。幸而,由于我的天生的性格,由于我的家庭的管教,我尚能分辨出什么是稳健的康庄大道,什么是行险徼倖的邪恶小径。三十岁以后,自己知道发奋读书,从来不敢懈怠,但是求知的热狂同"五四"以后的那一段期间仍然是无可比拟的。

因为探求新知过于热心,对于学校的正常的功课反倒轻视疏忽了。基本的科学不感兴趣,敷敷衍衍的读完一年生物学之后,对于物理、化学即不再问津,这一缺憾至今无法补偿。对于数学,我更没有耐心,自己给自己制造了一个借口曰:"性情不近"。梁任公先生创"趣味说",我认为正中下怀。我对数学不感兴趣,因此数学的成绩仅能勉强维持及格而并不觉得惭怍。不但此也,在英文班上读些文学名著,也觉得枯燥无味,莎士比亚的戏亦不能充分赏识,他的文字虽非死文字,究竟嫌古老些,哪有时人翻译出来的现代作品那样轻松?于是有人谈高尔华绥、萧伯纳、王尔德、易卜生,亦从而附和之;有人谈莫泊桑、柴霍甫、屠格涅夫、法朗士,亦从而附和之。如响斯应,如影斯随,追逐时尚,皇皇然不知其所届。这是"五四"以后之一窝蜂的现象,表面上轰轰烈烈,如花团锦簇,实际上不能免于浅薄幼稚。

七

清华学生全体住校,自成一个社团,故课外活动也就比较多些。我初进清华,对音乐、图画都很热心。教音乐的教师 Miss Seeley 循循善诱,仪态万千,是颇受学生欢迎的一个人。她令学生唱校歌(清华的校歌是英文的),以测验学生歌唱的能力,我一试便引起她的注意,因为我声音特高,而且我能唱出校歌两阕的全部歌词。后来我就当选为清华幼年歌咏团的团员。不知为什么,这位教师回国后就一直没有替人,同时我的嗓音倒了之后亦未能复原,于是从此我和音乐绝缘。教图画的教师先是一位 Miss Starr,后是一位 Miss Lyggate,教我们白描,教我们写生、炭画、水彩画。可惜的是我所喜欢的是中国画,并且到了中等科三年级,也就没有图画一课了。

我在图画、音乐上都不得发展,兴趣转到了写字上面去。在小学的时候,教师周士棻(香如)先生教我们写草书《千字文》,这是白折子九宫格以外的最有趣的课外作业;我的父亲又鼓励我涂鸦,因此我一直把写字当作一种享受。我在清华八年所写的家信,都是写在特制的宣纸信笺上,每年装订为一册,全是墨笔恭楷。这习惯一直维持到留学回国为止。有一天我和同学吴卓(鹄飞)、张嘉铸(禹九)商量,想组织一个练习写字的团体。吴卓写得一笔好赵字,张嘉铸写得一笔酷似张廉卿的魏碑体,众谋佥同,于是我就着手组织,征求同好。我的父亲给我们起了一个名字,曰:"清华戏墨社"。大字、小楷同时并进。包世臣的《艺舟双楫》、康有为的《广艺舟双楫》成了我的手边常备的参考书。我本来有早起的习惯,七点打起床钟,我六点就盥洗完毕,天蒙蒙亮,我和几位同学就走进自修室,正襟危坐,磨墨伸纸。如是者二年,不分寒暑,从未间断,举行过几次展览。我最初看吴卓临赵孟頫《天冠山图咏》，见猎心喜，但是我父亲不准我写，认为应先骨格而后妩媚，要我写颜真卿的《争坐位》和柳公权的《玄秘塔》，同时供给我大量的珂罗版的汉碑，主要的是张迁碑、白石神君碑、孔庙碑，而以曹全碑殿后。这样临摹了两年，孤芳自赏，但愧未能持久。本无才力，终鲜功夫，至今拿起笔杆不能运用自如，是一憾事。

清华不是教会学校，所以并没有什么宗教气氛，但是有些外国教师及一些热心的中国人仍然不忘传教。例如查经班、青年会之类均应有尽有。可是同时也有一批国粹派，出面提倡孔教以为对抗。我对于宗教没有兴趣，不过于耶教、孔教二者，若是必须作一选择，我宁取后者，所以我当时便参加了一些孔教会的活动，例如在孔教会附设的贫民补习班和工友补习班里授课之类。不过孔子的学说根本不能构成宗教，所谓国教运动尤其讨厌。

"五四"以后，心情丕变。任何人在青春时期都会"怨黄莺儿作对，怪粉蝶儿成双"，都会变成为一个诗人。我也在荷花池畔开始吟诗了。有一首诗就题为《荷花池畔》，后来发表在《创造季刊》第四期上。我从事文艺写作是在我进入高等科之初，起先是几个朋友（顾毓琇、张忠绂、翟桓等）在校庆日之前，凑热闹翻译了一本《短篇小说作法》。这是一本没有什么价值的书，不知为何选中了它。我们的组织定名为"小说研究社"，向学校借占了一间空的寝室作为会所。后来我们认识了比我们高两级的闻一多，是他提议把小说研究社改为"清华文学社"，添了不少新会员，包括朱湘、孙大雨、闻一多、谢文炳、饶子离、杨子惠等。闻一多是个多才多艺的人，他不仅年纪比我们大两岁，在心理的成熟方面以及学识、修养方面，都比我们不止大两岁，我们都把他当作老大哥看待。他长于图画,而国文根底也很坚实,作诗仿韩昌黎,硬语盘空、雄浑恣肆,而情感丰富、正直无私。这时候,我和一多都大量的写白话诗,朝夕观摩,引为乐事。我们对于当时的几部诗集颇有一些意见,《冬夜》里有"被窝暖暖的,人儿远远的"之句,《草儿》里有"旗呀,旗呀,红黄蓝白黑的旗呀!"这样的一首,还有"如厕是早起后第一件大事"之句,我们都认为俗恶不堪;就诗论诗,倒是《女神》的评价最高。基于这一点意见,一多写了一篇长文《〈冬夜〉评论》,由我寄给北京《晨报副刊》(孙伏园编)。我们很天真,以为报纸是公开的园地,我们以为文艺是可以批评的,但事实不如此。稿寄走之后,如石沉大海,杳无音讯,几番函询亦不得复音。幸亏尚留底稿。我决定自行刊印,自己又写了一篇《〈草儿〉评论》,合为《〈冬夜〉、〈草儿〉评论》,薄薄的一百多页,用去印刷费百余元,是我父亲供给我的。这一小册的出版引起两个反响,一个是《努力周报》署名"哈"的一段短评,当然是冷嘲热骂,一个是创造社《女神》作者的来信赞美。由于此一契机,我认识了创造社诸君。

我有一次暑中送母亲回杭州,路过上海,到了哈同路民厚南里,见到郭、郁、成几位。我惊讶的不是他们生活的清苦,而是他们生活的颓废,尤以郁为最。他们引我从四马路的一端,吃大碗的黄酒,一直吃到另一端,在大世界追野鸡,在堂子里打茶围,这一切对于一个清华学生是够恐怖的。后来郁达夫到清华来看我,要求我两件事,一是访圆明园遗址,一是逛北京的四等窑子。前者我欣然承诺,后者则清华学生夙无此等经验,未敢奉陪(后来他找到他的哥哥的洋车夫陪他去了一次,他表示甚为满意云)。

差不多同时,我也由于通信而认识了南京高师的胡昭佐(梦华),由于他而认识了吴宓(雨僧),后来又认识了梅光迪(迪生)、胡先骕(步青)诸位。对于南京一派比较守旧的思潮,我也有一点同情,并不想把他们一笔抹煞。

我的父亲总是担心我的国文根底不够,所以每到暑假他就要我补习国文。我的教师是仪征陈止(孝起)先生,他的别号是大镫,是一位纯旧式的名士,诗词文章无所不能,尤好收集小品古董,家里满目琳琅。我隔几天送一篇文章请他批改,偶然也作一点旧诗。但是旧文学虽然有趣,我可以研究、欣赏,却无模拟的兴致,受过"五四"洗礼的人是不能再回复到以前的那个境界里去了。

八

临毕业前一年是最舒适的一年,搬到向往已久的大楼里面去住,别是一番滋味。这一部分的宿舍有较好的设备,床是钢丝的,屋里有暖气炉,厕所里面有淋浴,有抽水马桶。不过也有人不能适应抽水马桶,以为做这种事而不采取蹲的姿势是无法完成任务的(我知道顾德铭即是其中之一,他一清早就要急急忙忙跑到中等科去"照顾"那九间楼)。可见吸收西方文化也并不简单,虽然绝大多数的人是乐于接受的。

和我同寝室的是顾毓琇、吴景超、王化成,四个少年意气扬扬共居一室,曾经合照过一张像片,坐在一条长凳上,四副近视眼镜,四件大长袍,四双大皮鞋,四条翘起来的大腿,一派生楞的模样。过了二十年,我们四个在重庆偶然聚首,又重照了一张,当时大家就意识到这样的照片一生中怕照不了几张。当时约定再过二十年一定要再照一张。现在拍照第三张的时期已过,而顾毓

自动控制系钟士模教授在讲课

琇定居在美国,王化成在葡萄牙任公使多年之后病殁在美国,吴景超在大陆上,四人天各一方,萍踪飘泊,再聚何年?今日我回忆四十年前的景况,恍如昨日:顾毓琇以"一樵"的笔名忙着写他的《芝兰与茉莉》,寄给文学研究会出版;我和景超每星期都要给《清华周刊》写社论和编稿。提起《清华周刊》,那也是值得回忆的事。我不知哪一个学校可以维持出版一种百八十页的周刊,历久而不停,里面有社论,有专文,有新闻,有通讯,有文艺。我们写社论常常批评校政,有一次我写了一段短评,鼓吹男女同校,当然不是为私人谋,不过措词激烈了一点,对校长之庸弱无能大肆抨击。那时的校长是曹云祥先生(好像是做过丹麦公使,娶了一位洋太太,学问、道德如何,则我不大清楚),大为不悦,召吴景超去谈话,表示要给我记大过一次。景超告诉他:"你要处分是可以的,请同时处分我们两个,因为我们负共同责任。"结果是采官僚作风,不了了之。我喜欢文学,清华文学社的社员经常有作品产生。不知我们这些年轻人为什么有那样大的胆量,单凭一点点热情,就能振笔直书从事创作。这些作品经由我的安排,便大量的在《周刊》上发表了,每期有篇幅甚多的文艺一栏自不待言,每逢节日还有特刊、副刊之类,一时文风甚盛。这却激怒了一位同学(梅汝璈),他投来一篇文章《辟文风》。我当然给他登出来,然后再辞而辟之。我之喜欢和人辩驳问难,盖自此时始,我对于写稿和编辑刊物也都在此际得到初步练习的机会。《周刊》在经济方面是学校支持的,这项支出有其教育的价值。

我以《清华周刊》编者的名义,到城里陟山门大街去访问胡适之先生。缘因是梁任公先生应《清华周刊》之请,写了一个国学必读书目，胡先生不以为然，公开的批评了一番。于是我径去访问胡先生，请他也开一个书目。胡先生那一天病腿，躺在一张藤椅上见我，满屋里堆的是线装书。这是我第一次见到胡先生，清癯的面孔，和蔼而严肃。他很高兴的应了我们的请求。后来我们就把他开的书目发表在《清华周刊》上了。这个书目引出吴稚晖先生的一句名言："线装书应该丢到茅厕坑里去！"

我必须承认，在最后两年实在没有能好好的读书，主要的原因是心神不安。我在这时候经人介绍认识了程季淑女士，她是安徽绩溪人，刚从女子师范毕业，在女师附小教书。我初次和她会晤是在宣外珠巢街女子职业学校里。那时候男女社交尚未公开，双方家庭也是相当守旧的，我和季淑来往是秘密进行的，只能在中央公园、北海等地约期会晤。我的父亲知道我有女友，不时的给我接济，对我帮助不少。我的三妹亚紫在女师大，不久和季淑成了很好的朋友。青春初恋期间，谁都会神魂颠倒，睡时、醒时、行时、坐时，无时不有一个倩影盘据在心头，无时不感觉热血在沸腾，坐卧不宁，寝食难安，如何能沉下心读书？"一日不见，如三秋兮！"更何况要等到星期日才能进得城去谋片刻的欢会？清华的学生有异性朋友的很少，我是极少数特殊幸运的一个。因为我们每星期日都风雨无阻的进城去会女友，李迪俊曾讥笑我们为"主日派"。

对于毕业出国，我一向视为畏途。在清华有读不完的书，有住不腻的环境，在国内有舍不得离开的人，那么又何必去父母之邦？所以和闻一多屡次商讨，到美国那样的汽车王国去，对于我们这样的人有无必要？会不会到了美国被汽车撞死为天下笑？一多先我一年到了美国，头一封来信劈头一句话便是："我尚未被汽车撞死！"随后劝我出国去开开眼界。事实上，清华也还没有过毕业而拒绝出国的学生。我和季淑商量，她毫不犹豫的劝我就道，虽然我们知道那别离的滋味是很难熬的。这时候我和季淑已有成言，我答应她，三年为期，期满即行归来。于是我准备出国。季淑绣了一幅《平湖秋月图》给我，这幅绣图至今在我身边。

出国就要治装，我不明白为什么外国人到中国来不需治中装，而中国人到外国去就要治西装。清华学生平素没有穿西装的，都是布衣、布褂，我有一阵还外加布袜、布鞋。毕业期近，学校发一笔治装费，每人约三五百元之数，统筹办理，由上海恒康西服庄派人来承办。不匝月而新装成，大家纷纷试新装，有人缺领巾，有人缺衬衣，有的肥肥大大如稻草人，有的窄小如猴子穿戏衣，真可说得上是"沐猴而冠"。这时节我怀想红顶花翎靴袍褂出使外国的李鸿章，他有那一份胆量不穿西装，虽然翎顶袍褂也并非是我们原来的上国衣冠。我有一点厌恶西装，但是不能不跟着大家走。在治装之余，我特制了一面长约一丈的绸质大国旗——红黄蓝白黑的五色旗。这在后来派了很大的用场，在美国好多次集会(包括孙中山先生逝世时纽约中国人的追悼会)都借用了我这一面特大号的国旗。

到了毕业那一天(六月十七日)，每人都穿上白纺绸长袍、黑纱马褂，在校园里穿梭般走来走去，像是一群花蝴蝶。我毕业还不是毫无问题的。我和赵敏恒二人因游泳不及格，几乎不得毕业，我们临时苦练，豁出去喝两口水，连爬带泳，凑和着也补考及格了，体育教员马约翰先生望着我们两个人只是摇头。行毕业礼那天,我还是代表全班的三个登台致词者之一。我的讲词规定是预言若干年后同学们的状况,现在我可以说,我当年的预言没有一句是应验了的!例如:谢奋程之被日军刺杀,齐学启之殉国,孔繁祁之被汽车撞死,盛斯民之疯狂以终,这些倒霉的事固然没有料到,比较体面的事如孙立人之于军事,李先闻之于农业,李方桂之于语言学,应尚能之于音乐,徐宗涑之于水泥工业,吴卓之于糖业,顾毓琇之于电机工程,施嘉炀之于土木工程,王化成、李迪俊之于外交……均有卓越之成就,而当时也并未窥见端倪。至于区区我自己,最多是小时了了,到如今一事无成,徒伤老大,更不在话下了。毕业那一天有晚会,演话剧助兴,剧本是顾一樵临时赶编的三幕剧《张约翰》。剧中人物有女性二人,谁也不愿担任,最后由我和吴文藻承乏。我的服装有季淑给我缝制的一条短裤和短裙,但是男人穿高跟鞋则尺寸不合无法穿着,最后向Miss Lyggate借来一试,还略嫌松一点点。演出时我特请季淑到校参观,当晚下榻学生会办公室。事后我问她我的表演如何,她笑着说:"我不敢仰视。"事实上这不是我第一次演戏,前一年我已经演过陈大悲编的《良心》,导演人即是陈大悲先生。不过串演女角,这是生平仅有的一次。

拿了一纸文凭便离开了清华园,不知道是高兴还是哀伤。两辆人力车,一辆拉行李,一辆坐人,在骄阳下一步一步的踏向西直门,心里只觉得空虚怅惘。此后两个月中酒食征逐,意乱情迷,紧张过度,遂患甲状腺肿,眼珠突出,双手抖颤,积年始愈。

家父给了我同文书局石印大字本的前四史,共十四函,要我在美国课余之暇随便翻翻,因为他始终担心我的国文根底太差。

这十四函线装书足足占我大铁箱的一半空间。这原是吴稚晖先生认为应该丢进茅厕坑里去的东西，我带过了太平洋，又带回了太平洋，差不多是原封未动缴还给家父，实在好生惭愧。老人家又怕在美膏火不继，又给了我一千元钱，半数买了美金硬币，半数我在上海用掉。我自己带了一具景泰蓝的香炉、一些檀香木和粉，因为我认为这是中国文化中最好的一项代表性的艺术品。我一向向往"焚香默坐"的那种境界。这一具香炉，顶上有一铜狮，形状瑰丽，闻一多甚为欣赏，后来我在科罗拉多和他分手时便举以相赠。我又带了一对景泰蓝花瓶，后来为了进哈佛大学的缘故，在暑期中赶补拉丁文，就把这对花瓶卖了五十元美金充学费了。此外我还在家里搜寻了许多绣活和朝服上的"黻子"，后来都成了最受人欢迎的礼物。

一九二三年八月里，在凄风苦雨里的一天早晨，我在院里走廊上和弟妹们吹了一阵胰子泡，随后就噙着泪拜别父母，起身到上海候船放洋。在上海停了一星期，住在旅馆里写了一篇纪实的短篇小说，题为《苦雨凄风》，刊在《创造周报》上。我这一班，在清华是最大的一班，入学时有九十多人，上船时淘汰剩下六十多人了。登"杰克逊总统"号的那一天，船靠在浦东，创造社的几位到码头上送我。住在嘉定的一位朋友派人送来一面旗子，上面亲自绣了"乘风破浪"四个字。其实我哪里有宗悫的志向？我愧对那位朋友的期望。

清华八年的生涯就这样的结束了。

* 本篇选自一九六九年台湾传记文学出版社出版的《秋室杂忆》。

清华七十

今年国立清华大学举办建校七十周年纪念，有朋友辗转问我要不要写一点回忆性质的文字以为祝贺。我在清华读过八年书，由十四岁到二十二岁，自然有不可磨灭的印象，难以淡忘的感情。我曾写过一篇《清华八年》，略叙我八年的经过，兹篇所述，偏重我所接触的师友及一些琐事之回忆，作为前文之补充。

现在新竹的国立清华大学，校址很广，规模很大，教授的阵容坚强，学生的程度优异，这是有口皆碑的。不过我所能回忆的清华，是在北平西直门外海淀北的清华园，新竹校园虽美，我却觉得有些异样。我记得：北平清华园的大门，上面横匾"清华园"三个大字，字不见佳，是清大学士那桐题的，遇有庆典之日，门口交叉两面国旗——五色旗；通往校门的马路是笔直一条碎石路，上面铺黄土，经常有清道夫一勺一勺的泼水；校门前小小一块广场，对面是一座小桥，桥畔停放人力车，并系着几匹毛驴。

门口内，靠东边有小屋数楹，内有一土著老者，我们背后呼之为张老头，他职司门禁，我们中等科的学生非领有放行木牌不得越校门一步，他经常手托着水烟袋，穿着黑背心，笑容可掬，我们若是和他打个招呼，走出门外买烤白薯、冻柿子，他也会装糊涂点点头，连说："快点儿回来，快点儿回来。"

校门以内是一块大空地，绿草如茵。有一条小河横亘草原。河以南靠东边是高等科，额曰"清华学堂"，也是那桐手笔。校长办公室在高等科楼上。民国四年我考取清华，我父执陆听秋（震）先生送我入校报到，陆先生是校长周诒春（寄梅）先生的圣约翰同学，我们进校先去拜见校长，校长指着墙上的一幅字要我念，我站到椅子上才看清楚，我没有念错，他点头微笑。我想我对他的印象比他对我的印象好。

河以北是中等科，一座教室的楼房之外，便是一排排的寝室，现在回想起来，像是编了号的监牢。我起初是六个人一间房间，后来是四人一间。室内有地板。白灰墙白灰顶，四白落地。铁床草垫，外配竹竿六根以备夏天支设蚊帐。有窗户，无纱窗，无窗帘。每人发白布被单床罩各二，又白帆布口袋二，装换洗衣服之用。洗衣作坊隔日派人取送。每两间寝室共用一具所谓"俄罗斯火炉"，墙上有洞以通暖气，实际上也没有多少暖气可通，但是火炉下面可以烤白薯，夜晚香味四溢。浴室厕所在西边毗邻操场。

浴室备铝铁盆十几个,浴者先签到报备,然后有人来倒冷热水。一个礼拜不洗,要宣布姓名,仍不洗,要派员监视勒令就浴。这规矩好像从未严格执行,因为请人签到或签到之后就开溜,种种方法早就有人发明了。厕所有九间楼之称,不知是哪位高手设计,厕在楼上,地板挖洞,下承大缸,如厕者均可欣赏"板斜尿流急,坑深屎落迟"的景致。而白胖大蛆万头攒动争着要攀据要津,蹭蹬失势者纷纷黜落的惨象乃尽收眼底。严冬朔风鬼哭神号,胆小的不敢去如厕,往往随地便溺,主事者不得已特备大木桶晚间抬至寝室门口阶下,桶深阶滑,有一位同学睡眼矇眬不慎失足几遭灭顶(这位同学我在抗战之初偶晤于津门,已位居银行经理,谈及往事相与大笑)。

大礼堂是后造的。起先集会都在高等科的一个小礼堂里,凡是演讲、演戏、俱乐会都在那里举行。新的大礼堂在高等科与中等科之间,背着小河,前临草地,是罗马式的建筑,有大石柱,有圆顶,能容千余人,可惜的是传音性能不甚佳,在这大礼堂里,周末放电影,每次收费一角,像白珠小姐(Pearl White)主演的《蒙头人》(*Hooded Terror*)连续剧,一部接着一部,美女蒙难,紧张恐怖,虽是黑白无声,也很能引发兴趣,贾波林、陆克的喜剧更无论矣。我在这个礼堂演过两次话剧。

科学馆是后建的,体育馆也是。科学馆在大礼堂前靠右方。我在里面曾饱闻珂罗芳的味道,切过蚯蚓,宰过田鸡(事实上是李先闻替我宰的,我怕在田鸡肚上划那一刀)。后来校长办公室搬在科学馆楼上,教务处也搬进去了。原来的校长室变成了学生会的会所,好神气!

体育馆在清华园的西北隅,虽然不大,有健身房,有室内游泳池,在当年算是很有规模的了。在健身房里我练过跳木马、攀杠子、翻筋斗、爬绳子、张飞卖肉……游泳池我不肯利用,水太凉,不留心难免喝一口,所以到了毕业之日游泳考试不及格者有两人,一个是赵敏恒,一个不用说就是区区我。

图书馆在园之东北,中等科之东,原来是平房一座,后建大楼,后又添两翼,踵事增华,蔚为大观。阅览室二,以软木为地板,故走路无声,不惊扰人。书库装玻璃地板,故透光,不需开灯。在当时都算是新的装备。一座图书馆的价值,不在于其建筑之宏伟,亦不尽在于其庋藏之丰富,而是在于其是否被人充分的加以利用。卷帙纵多,尘封何益。清华图书馆藏书相当丰富,每晚学生麇集,阅读指定参考书,座无虚席。大部头的手钞的《四库全书》,我还是在这里首次看到。

校医室在体育馆之南,小河之北。小小的平房一幢,也有病床七八张。舒美科医师主其事,后来换了一位肥胖的包克女医师。我因为患耳下腺炎曾住院两天,记得有两位男护士在病房对病人大谈其性故事与性经验,我的印象恶劣。

工字厅在河之南,科学馆之背后,乃园中最早之建筑,作工字形,故名。房屋宽敞,几净窗明,为招待宾客之处,平素学生亦可借用开会。工字厅的后门外有一小小的荷花池,池后是一道矮矮的土山,山上草木蓊郁。凡是纯中国式的庭园风景,有水必有山,因为挖地作池,积土为山,乃自然的便利。有昆明湖则必定有万寿山,不过其规模较大而已。清华的荷花池,规模小而景色佳,厅后对联一副颇为精彩:

槛外山光历春夏秋冬万千变幻都非凡境

窗中云影任东西南北去来澹荡洵是仙居

横额是"水木清华"四个大字。联语原为广陵驾鹤楼杏轩沈广文之作,此为祁寯藻所书。祁寯藻是嘉庆进士、大学士。所谓"仙居"未免夸张,不过在一片西式建筑之中保留了这样一块纯中国式的环境,的确别有风味。英国诗人华次渥兹说,人在情感受了挫沮的时候,自然景物会有疗伤的作用。我在清华最后两年,时常于课余之暇,陟小山,披荆棘,巡游池畔一周,不知消磨了多少黄昏。闻一多临去清华时用水彩画了一幅《荷花池畔》赠我。我写了一首白话新诗《荷花池畔》刊在《创造季刊》上,不知是郭沫若还是成仿吾还给我改了两个字。

荷花池的东北角有个亭子,这是题中应有之义,有山有水焉能无亭无台?亭附近高处有一口钟,是园中报时之具,每半小时敲一次,仿一般的船上敲钟的方法,敲两下是一点或五点或九点,一点半是当当、当,两点半是当当、当当、当,余类推。敲钟这份差事也不好当,每隔半小时就得去敲一次,分秒不爽而且风雨无阻。

工字厅的西南有古月堂,是几个小院落组成的中国式房屋,里面住的是教国文的老先生。有些年轻的教英文的教师记得好像是住在工字厅,美籍教师则住西式的木造洋房,集中在图书馆以北一隅。从住房的分配上也隐隐然可以看出不同的身份。

清华园以西是一片榛莽未除的荒地,也有围墙圈起,中间有一小土山耸立，我们称之为西园。小河经过处有一豁口，可以走进沿墙巡视一周，只见一片片的"萑苇被渚，蓼荸抽涯"，好像是置身于陶然亭畔。有一回我同翟桓赴西园闲步，水闸处闻泼剌声，俯视之有大鱼盈尺在石板上翻跃，乃相率褰裳跣足，合力捕获之，急送厨房，烹而食之，大膏馋吻。

　　孩子没有不馋嘴的，其实岂只孩子？清华校门内靠近左边围墙有一家"嘉华公司"，招商承办，卖日用品及零食，后来收回自营，改称为售品所，我们戏称去买零食为"上售"。零食包括：热的豆浆、肉饺、栗子、花生之类。饿的时候，一碗豆浆加进砂糖，拿起一枚肉饺代替茶匙一搅，顷刻间三碗豆浆一包肉饺（十枚）下肚，鼓腹而出。最妙的是，当局怕学生把栗子皮剥得狼藉满地，限令栗子必须剥好皮才准出售，糖炒栗子从没有过这吃法。在清华那几年，正是生长突盛的时期，食量惊人。清华的膳食比较其他学校为佳，本来是免费的，我入校那年改为缴半费，我每月交三元半，学校补助三元。八个人一桌，四盘四碗四碟咸菜，盘碗是荤素各半，馒头白饭管够。冬季四碗改为火锅。早点是馒头稀饭咸菜四色，萝卜干、八宝菜、腌萝卜、腌白菜，随意加麻油。每逢膳时，大家挤在饭厅门外，我的感觉不是饥肠辘辘，是胃里长鸣。我清楚的记得，上第四堂课"西洋文学大纲"时，选课的只有四五人，所以就到罗伯森先生家里去听讲，我需要用手按着胃，否则肚里会鸣鸣的大叫。我吃馒头的最高纪录是十二个。斋务人员在饭厅里单占一桌，学生们等他们散去之后纷纷喊厨房添菜，不是木樨肉，就是肉丝炒辣椒，每个呼呼的添一碗饭。

　　清华对于运动夙来热心。校际球类比赛如获胜利，照例翌日放假一天,鼓舞的力量很大。跻身于校队,则享有特殊伙食以维持其体力,名之为"训练桌",同学为之侧目。记得有一年上海南洋大学足球队北征,清华严阵以待。那一天朔风刺骨,围观的人个个打哆嗦而手心出汗。清华大胜,以中锋徐仲良、半右锋关颂韬最为出色。徐仲良脚下劲足,射门时球应声入网,其疾如矢。关颂韬最善盘球,左冲右突球不离身,三两个人和他争抢都奈何不了他。其他的队员如陆懋德、华秀升、姚醒黄、孟继懋、李汝祺等均能称职。生平看足球比赛,紧张刺激以此为最。篮球赛之清华的对手是北师大,其次是南开,年年互相邀赛,全力以赴,互有胜负。清华的阵容主要的以时昭涵、陈崇武为前锋,以孙立人、王国华为后卫。昭涵悍锐,崇武刁钻,立人、国华则稳重沉着。五人联手,如臂指使,进退恍忽,胜算较多。不能参加校队的,可以参加级队,不能参加级队的甚至可以参加同乡队、寝室队,总之是一片运动狂。我非健者,但是也踢破过两双球鞋,打破过几只网拍。

当时最普通而又最简便的游戏莫过于"击嘎儿"。所谓"嘎儿"者,是用木头楦出来的梭形物,另备木棍一根如擀面杖一般,略长略粗。在土地上掘一小沟,以嘎儿斜置沟之一端,持杖猛敲嘎儿之一端,则嘎儿飞越而出,愈远愈好。此戏为两人一组。一人击出,另一人试接,如接到则二人交换位置,如未接到则拾起嘎儿掷击平放在沟上之木棍,如未击中则对方以木杖试量其差距,以为计分,几番交换击接,计分较少之一方胜。清华并不完全洋化,像这样的市井小儿的游戏实在很土,其他学校学生恐怕未必屑于一顾,而在清华有一阵几乎每一学生手里都挟有一杖一梭。每天下午有一个老铜锁匠担着挑子来到运动场边,他的职业本来是配钥匙开锁,但是他的副业喧宾夺主,他管修网球拍、补皮球胎、缝破皮鞋、发售木杖木嘎儿,以及其他零碎委办之事,他是园中一个不可或缺的服务者。

中等科的学生编为童子军,高等科的学生则练兵操,起初大家颇为认真,"五四"以后则渐废弛。

童子军分两大队,第一大队长是梅贻琦先生,第二大队长是席德柄先生。我被编入第二大队的一个小队。我们的制服整齐美观,厚呢的帽子宽宽的帽沿,烫得平平的,以视现今的若干学校童子军,戴的是软布帽,帽沿低垂倒挂如败荷叶,不可同日而语。童子军的室内活动以结绳始,别瞧这伏羲氏的时候就开始玩的把戏,时到如今花样忒多,我的手指头全是大拇指,时常急得一头汗。我现在只记得一种叫渔人结,比较简单,其他如什么帆脚索结、八字形结、方结……则都已忘得一干二净。户外活动比较有趣,圆明园旧址就在我们隔壁,野径盘纡,荒阡交互,正是露营的好去处。用一根火柴发火炊饭,不是一件容易事。饭煮成焦粑或稀粥,也觉得好吃。做了一年多的"生手"才考上了二等童军。上兵操另是一种趣味,大队长是姓刘还是劳,至今搞不清楚,只知道他是 W. W. Law 先生。那时候的兵操不能和现在的军训比,现在的军训真枪实弹勤习苦练,那时的兵操只是在操场上立正开步走,手里拿的是木枪。不过服装漂亮,"五四"之后清华学生排队进城,队伍整齐,最能赢得都人喝彩。

我的课外活动不多。在中二中三时曾邀约同学组织了一个专门练习书法的"戏墨社",愿意参加的不多,大家忙着学英文,谁有那么多闲情逸致讨此笔砚生涯？和我一清早就提前起床，在吃早点点名之前作半小时余的写字练习，有吴卓、张嘉铸等几个人。吴卓临赵孟頫的《天冠山图咏》，柔媚潇洒，极有风致；张嘉铸写魏碑，学张廉卿，有古意；我写汉隶，临张迁，仅略得形似耳。我们也用白折子写小楷。包世臣的《艺舟双楫》、康有为的《广艺舟双楫》是我们这时候不断研习的典籍。我们这个结社也要向学校报备，还请了汪鸾翔（巩庵）先生做导师，几度以作业送呈过目，这位长髯飘拂的略有口吃的老师对我们有嘉勉但无指导。怪我毅力不够，勉强维持两年就无形散伙了。

进高等科之后，生活环境一变，我已近成年，对于文学发生热烈的兴趣。邀集翟桓、张忠绂、顾毓琇、李迪俊、齐学启、吴锦铨等人组织"小说研究社"，出版了一册《短篇小说作法》，还占据了一间寝室作为社址。稍后扩大了组织，改名为"清华文学社"，吸收了孙大雨、谢文炳、饶孟侃、杨世恩等以及比我们高三班的闻一多，共约三十余人。朱湘落落寡合，没有加入我们的行列，后终与一多失和，此时早已见其端倪。一多年长博学，无形中是我们这集团的领袖，和我最称莫逆。我们对于文学没有充分的认识，仅于课堂上读过少数的若干西方文学作品，对于中国文学传统亦所知不多，尚未能形成任何有系统的主张。有几个人性较浪漫，故易接近当时"创造社"一派。我和闻一多所做之《〈冬夜〉、〈草儿〉评论》即成于是时。同学中对于我们这一批吟风弄月讴歌爱情的人难免有微词，最坦率的是梅汝璈，他写过一篇《辟文风》投给《清华周刊》，我是周刊负责的编辑之一，当即为之披露，但是于下一周期刊中我反唇相稽辞而辟之。

说起《清华周刊》，那是我在高四时致力甚勤的一件事。周刊为学生会主要活动之一，由学校负责经费开支，虽说每期五六十面不超过一百，里面有社论，有专论，有新闻，有文艺，俨然是一本小型综合杂志，每周一期，编写颇为累人。总编辑是吴景超，他做事有板有眼，一丝不苟。景超和我、顾毓琇、王化成四人同寝室。化成另有一批交游，同室而不同道。每到周末，我们三个人就要聚在一起，商略下一期周刊内容。社论数则是由景超和我分别撰作，交相评阅，常常秉烛不眠，务期斟酌于至当，而引以为乐。周刊的文艺一栏特别丰富，有时分印为增刊，厚达二百页。

高四的学生受到学校的优遇，全体住进一座大楼，内有暖气设备，有现代的淋浴与卫生设备。不过也有少数北方人如厕只能蹲而不能坐，则宁远征中等科照顾九间楼。高四那年功课并不松懈，惟心情愉快，即将与校园告别，反觉依依不舍。我每周进城，有时策驴经大钟寺趋西直门，蹄声得得，黄尘滚滚，赶脚的跟在后面跑，气咻咻然。多半是坐人力车，荒原古道，老树垂杨，也是难得的感受，途经海淀少不得要停下，在仁和买几瓶莲花白或桂花露，再顺路买几篓酱瓜酱菜，或是一匣甜咸薄脆，归家共享。

这篇文字无法结束，若是不略略述及我所怀念的六十多年前的几位师友。

首先是王文显先生，他做教务长相当久，后为清华大学英语系主任，他的英文姓名是 J. Wang Quincey，我没见过他的中文签名，听人说他不谙中文，从小就由一位英国人抚养，在英国受教育，成为一位十足的英国绅士。他是广东人，能说粤语，为人稳重而沉默,经常骑一辆脚踏车,单手扶着车把,岸然游行于校内。他喜穿一件运动上装,胸襟上绣着英国的校徽(是牛津还是剑桥我记不得了),在足球场上做裁判。他的英语讲得太好了,不但纯熟流利,而且出言文雅,音色也好,听他说话乃是一大享受。比起语言粗鲁的一般美国人士显有上下床之别。我不幸没有能在他班上听讲,但是我毕业之后任教北大时,曾两度承他邀请参加清华留学生甄试,于私下晤对言谈之间听他觑述英国威尔孙教授如何考证莎士比亚的版本,头头是道,乃深知其于英国文学的知识之渊博。先生才学深邃,而不轻表露,世遂少知之者。

巢堃霖先生是我的英文老师,他也是受过英国传统教育的学者,英语流利而有风趣。我记得他讲解一首伯朗宁的小诗《法军营中轶事》,连读带做,有声有色。我在班上发问答问,时常故作刁难,先生不以为忤。我一九四九年来台时先生任职港府,辱赐书欲推荐我于香港大学,我逊谢。

在中等科教过我英文的有马国骥、林玉堂、孟宪承诸先生。马先生说英语夹杂上海土话,亦庄亦谐,妙趣横生。一九四九年我与马先生重逢于台北,学生们仍执弟子礼甚恭,先生谈吐不异往时。林先生长我五六岁,圣约翰毕业后即来清华任教,先生后改名为语堂,当时先生对于胡适白话诗甚为倾倒,尝于英文课中在黑板上大书"人力车夫,人力车夫,车来如飞……",然后朗诵,击节称赏。我们一九二三级的"级呼"(Class Yell)是请先生给我们作的:

Who are, who are, who are we?

We are, we are, twenty–three.

Ssss bon–bah!

　　孟先生是林先生的同学,后来成为教育学家。林先生活泼风趣,孟先生凝重细腻。记得孟先生教我们读《汤伯朗就学记》(*Tom Brown's Schooldays*),这是一部文学杰作,写英国勒格贝公共学校的学生生活,先生讲解精详,其中若干情况至今不能忘。

　　教我英文的美籍教师有好几位,我最怀念的是贝德女士(Miss Baeder),她教我们"作文与修辞",我受益良多。她教我们作文,注重草拟大纲的方法。题目之下分若干部分,每部分又分若干节,每节有一个提纲挈领的句子。有了大纲,然后再敷演成为一篇文字。这方法其实是训练思想,使不枝不蔓层次井然,用在国文上也同样有效。她又教我们议会法,一面教我们说英语,一面教我们集会议事的规则(也就是孙中山先生所讲的民权初步),于是我们从小就学会了什么动议、附议、秩序问题、权利问题,等等,终身受用。大抵外籍教师教我们英语,使用各种教材教法,诸如辩论、集会、表演、游戏之类,而不专门致力于写、读、背。是于实际使用英语中学习英语。还有一位克利门斯女士(Miss Clemens)我也不能忘,她年纪轻,有轻盈的体态,未开言脸先绯红。

　　教我音乐的是西莱女士(Miss Seeley),教我图画的是斯塔女士(Miss Starr)和李盖特女士(Miss Lyggate),我上她们的课不是受教,是享受。所谓如沐春风不就是享受么?教我体育的是舒美科先生、马约翰先生,马先生黑头发绿眼珠,短小精悍,活力

图书馆（东部1919年建成，1931年扩建）

过人,每晨十时,一声铃响,全体自课室蜂拥而出,排列在一个广场上,"一、二、三、四,二、二、三、四……",连做十五分钟的健身操,风霜无阻,也能使大家出一头大汗。

我的国文老师当中,举人进士不乏其人,他们满腹诗书自不待言,不过传授多少给学生则是另一问题。清华不重国文,课都排在下午,毕业时成绩不计,教师全住在古月堂自成一个区域。我怀念徐镜澄先生,他教我作文莫说废话,少用虚字,句句要挺拔,这是我永远奉为圭臬的至理名言。我曾经写过一篇记徐先生的文章,兹不赘。陈敬侯先生是天津人,具有天津人特有的幽默,除了风趣的言谈之外还逼我们默写过好多篇古文。背诵之不足,继之以默写,要把古文的格调声韵砸到脑子里去。汪鸾翔先生以他的贵州的口音结结巴巴的说:"有有人说,国国文没没有趣味,国国文怎能没没有趣味,趣味就在其中啦!"当时听了当作笑话,现在体会到国文的趣味之可意会而不可言传,真是只好说是"在其中"了。

八年同窗好友太多了,同级的七八十人如今记得姓名的约有七十,有几位我记得姓而忘其名,更有几位我只约略记得面貌。初来台湾时,在台的级友包括徐宗涑、王国华、刘滇章、辛文锜、孙清波、孙立人、李先闻、周大瑶、吴大钧、江元仁、周思信、严之卫、翟桓、吴卓和我,偶尔聚餐话旧,现则大半凋零。

我在清华最后两年,因为热心于学生会的活动,和罗努生、何浩若、时昭沄来往较多。浩若来台后曾有一次对我说:"当年清华学生中至少有四个人不是好人,一个是努生,一个是昭沄,一个是区区我，一个是阁下你。应该算是四凶。常言道'好人不长寿'，所以我对于自己的寿命毫不担心。如今昭沄年未六十遽尔作古，我的信心动摇矣！"他确是信心动摇，不久亦成为九泉之客。其实都不是坏人，只是年少轻狂不大安分。我记得有一次演话剧，是陈大悲作的《良心》，初次排演的时候斋务主任陈筱田先生在座(他也饰演一角)，他指着昭沄说："时昭沄扮演那个坏蛋，可以无需化妆。"哄堂大笑。昭沄一瞪眼，眼睛比眼镜还大出一圈。他才思敏捷，英文特佳。为了换取一点稿酬，译了我的《雅舍小品》、孟瑶的《心园》、张其昀的《孔子传》。不幸在出使巴西任内去世。努生的公私生活高潮迭起，世人皆知，在校时扬言"九年清华，三赶校长"，我曾当面戏之曰："足下才高于学，学高于品。"如今他已下世，我仍然觉得"世人皆欲杀，吾意独怜才"。至于浩若，他是清华同学中唯一之文武兼资者，他在清华的时候善写古文，波澜壮阔。在美国读书时倡国家主义最为激烈，返国后一度在方鼎英部下任团长，抗战期间任物资局长，晚年萧索，意气消磨。

我清华最后一年同寝室者吴景超与顾毓琇，不可不述。景超徽州歙县人，永远是一袭灰布长袍，道貌岸然，循规蹈矩，刻苦用功。好读史迁，故大家戏呼之为太史公。为文有法度，处事公私分明。供职经济部时所用邮票分置两纸盒内，一供公事，一供私函，决不混淆，可见其为人之一斑。毓琇江苏无锡人，治电机，而于诗词、戏剧、小说无所不窥，精力过人，为人机警，往往适应局势猛着先鞭。

还有两个我所敬爱的人物。一个是潘光旦，原名光亶，江苏宝山人，因伤病割去一腿，徐志摩所称道的"胡圣潘仙"，胡圣是适之先生，潘仙即光旦，以其似李铁拐也。光旦学问渊博，融贯中西，治优生学，后遂致力于我国之谱牒，时有著述，每多发明。其为人也，外圆内方，人皆乐与之游。还有一个是张心一，原名继忠，是我所知的清华同学中唯一的真正的甘肃人。他是一个传奇人物。他嫌理发一角钱太贵，尝自备小刀对镜剃光头，常是满头血迹斑斓。在校时外出永远骑驴，抗战期间一辆摩托机车跑遍后方各省。他做一个银行总稽核，外出查账，一向不受招待，某地分行为他设盛筵，他闻声逃匿，到小吃摊上果腹而归。他做建设厅长时，骑机车下乡，被匪劫持上山，查明身份后匪徒飨以烤肉恭送下山，敬礼有加。他的轶事一时也说不完。

我在清华一住八年，由童年到弱冠，在那里受环境的熏陶，受师友的教益，这样的一个学校是名副其实的我的母校，我自然怀着一份深厚的感情。不过这份感情也不是没有羼着一些复杂的成分。我时常想起，清华建校实乃前清光绪二十六年庚子事变所造成的。义和团之乱是我们的耻辱。其肇事的动机是民间不堪教会外人压迫，其事可耻，而义和团之荒谬行径，其事更可耻，清廷之颠顸糊涂，人民之盲从附和，其事尤其可耻，迨其一败涂地丧权误国，其可耻乃至无以复加。光绪三十四年五月，美国国会通过议案，退还赔款的一部分给中国政府，以为兴办教育之用，这便是清华建校的原始。我的母校是在耻辱之中成立，而于耻辱之中又加进了令人惭愧的因素。提起清华便不能不令人想起七十余年前的这一段惨痛历史。

美国退还赔款给我们办教育，当然是善意的。事实上晚近列强侵略中国声中，美国是比较对我们最为友好的。虽然我们也知道,鸦片贸易不仅是英国一国的奸商作孽,不仅是英国一国的政府贪婪的纵容,美国人也插上了一脚。至今美国波斯顿附近还有一个当年贩卖鸦片致富的船主所捐建的一个小小博物馆,里面陈列着不少鸦片烟枪烟斗。不过美国对我们没有领土野心,不曾对我们动辄开炮。就是八国联军占领北京那一段期间,也是美国分据的那一区域比较文明。这是众所周知的事实。所以中国人对美国人的友谊一向是比较密切。

但是我也要指陈,美国退还赔款的动机并不简单。偶读一九七七年三月出版的《自由谈》三十卷三期,戴良先生辑《中美传统友谊大事记》,内有这样一段:

> 光绪三十四年五月国会通过退还庚款。史密斯致老罗斯福的备忘录:"哪一个国家能做到教育这一代的青年中国人,那个国家就将由于这方面所支付的努力,而在精神的和商业的影响上,取回最大可能的收获。如果美国在三十年前已经做到把中国学生的潮流引向这一个国家来,并能使这个潮流继续扩大,那么,我们现在一定能够使用最圆满最巧妙的方式而控制中国的发展——这就是说,使用那知识与精神上的支配中国的领袖的方式!"

罗斯福大概是接受了这个意见。以教育的方式造就出一批亲美的人才,从而控制中国的发展。这几句话,我们听起来,能不警惕、心寒、惭愧?所以我说:清华是于耻辱的状况和惭愧的心情中建立的。

在庆祝清华建校七十周年声中，也许不该提起往日的一些不愉快的事情。其实我们不能回到水木清华的旧址去欢呼庆祝，而在此地为文纪念，这件事情本身也就够令人心伤了！

*　本篇选自一九八三年台北正中书局出版的《雅舍杂文》。

课室生活

一　西文课

西文课大半是在每天的上午。教员走进门来，学生全体起立；教员走上了讲台，点点头或是说声"早安"，学生便依旧坐下。教员点名的法子，人各不同，有些课堂上的座位是固定的，教员只消抬头一看，把空位的人名记下；有些教员按着点名簿朗读一遍，令学生答"到"。点过名后，有些教员便开始讲演，学生便呆坐着听讲，有心事的"心不在焉"，虽听而不闻，专心的便一心致志的敬聆教诲，或者也还做笔记。有些教员喜欢问学生，随问随打分数，这种办法最认真，学生莫不心惊胆战，唯恐问到自己，一点钟内怕要看无数次的手表;但是"书虫派"把书本预备得烂熟,有时也唯恐不问到自己。

就大致论,西文课堂上的情形总是很严肃的,大概美国教员课堂上比中国教员课堂上的精神要振作些。学生到课堂很少于摇铃后迟到,除了有几位是天生懒惰非迟数分钟不肯驾临。却也有几门功课,学生简直一到课堂就要睡觉,听着教员的言中无物扯得像牛皮糖似的讲演,上下两层眼皮总想闭拢在一起。富于传染性的呵欠接连不断的可以发现。但就大体上看,学生到西文课堂上还可以不睡觉。

学生在课堂上的兴趣,完全看教员的教授法而定。有些教员时常和学生讨论,或者叫学生对学生讨论;有些教员叫几个学生到课外做一点参考,到课堂来报告;有些教员叫学生做文,当堂诵读;有些教员把留声机不时的带到课堂,演唱课本上读过的诗歌;有些教员带几张图画到课堂,给学生传观……学生在这样的课堂上,觉得兴趣大些,比只是一味讲书的课要欢迎些。学生最怕的,是教员说话没有精神,不能引人入胜。学生在西文课堂上,尤其是在美国教员课堂上,总不大喜欢说话。教员若问:"有无疑问?"学生默然不响是家常便饭,起立发言那是例外的变态了。美国教员有些认为这是中国学生的特性——不喜发问。

西文课堂上有一种时髦的流行病,便是十分钟考试。教员不预先宣示,到课堂突然发给每人白纸一张,在黑板上写几个简单的试题,令学生于十分钟内交卷。学生若是平常不预备,临时没有不白瞪眼的。这种办法施行过一次,学生便成惊弓之鸟了,不敢不预备功课。

月考大概总在前些天宣示的。在每点钟下课前几分钟,教员便指派下次的功课。差不多这是刻板的生活了。

二 国文课

要想描述清华国文课堂上的生活,最好是把 Y 先生的国文堂的实况纪下来:

　　摇过上课铃以后,Y 先生移步上楼,课堂里面的学生大约已经有一半了。Y 先生推进门,有几个学生起立。在十五分钟以内,学生陆续的大摇大摆的到齐了。学生全都紧凑在教室后部坐着,一半在看西文书籍,一些在看小说,一些在写信。Y 先生把书包打开,讲义翻开,突然扯起声震屋瓦的嗓子做着南方的口音朗诵:"庄子曰……"学生陡为所惊,哄堂大笑。四五个喜欢捣乱的学生就要开始和先生顽笑了。

　　"先生,梅兰芳好不好? ……"

　　Y 先生笑容可掬,嘴部动颤了许久,说出"满好格"三个字来,学生又哄堂大笑。

　　"先生唱一出《小放牛》罢? "

　　Y 先生摇一摇头,摆一摆手,笑着说:"不会,不会。"学生又哄堂大笑。

　　Y 先生忽然怒了,眉头蹙起来了。学生笑嘻嘻的说:"他真急了,别闹了……"屋里暂时没有声音。Y 先生叹了一口气,重整旗鼓的高吟:"管子曰……"学生紧接着来一段 chorus:"曰……"Y 先生毫不在意,照直的读下去,随读随讲,随讲随笑。学生遇到读"也"字的地方，少不得还要随着Y先生唱出一声曲折的 chorus。这时候，睡觉的学生时常被"管子曰"惊醒，发出怨声说："别读了罢，吵我睡觉！"看英文书的学生只管低头看书，遇到忍不住的时候也只好参入了笑声。

Y先生读完了讲义，学生大声喊着："点名！点名！"Y先生从容的把点名簿从蓝布书包里拿出来，把墨盒打开，把毛笔拔出来，把眼镜拿在手里。低头在簿子上读一个名字"P. M."，然后把眼镜向眼前一横，抬起头来看着P. M.的答到。这时候P. M.大概睡着了，不过即是醒着也可不必答到，因为有一群人替他喊到了。轰的一声——"到"！Y先生左右张望："P. M.在哪里？在哪里？"P. M.醒了，立起来向他做个鬼脸；Y先生放心了提起笔在P. M.名下点一个点，作为到了。这样的一个一个点下去，大概总要费十分钟的光景。

点过名，时常还不到下课的时候。有些学生便要求："先生再读一遍罢！""管子曰……"于是又开始读了。Y先生正在读得津津有味的时候，突然下课钟噹噹的响了，学生便哄然鸟兽散。Y先生也许正读到一句的中间，只好停止了，喟然叹一口气。

这是Y先生课堂上的实况，丝毫没有粉饰。记者到清华八年之久，差不多这一班的课室成绩最糟；读者只可以把这班的情形当作极端的代表，不要误信为清华所有的国文课室里的生活皆是如此。

不过记者以八年来的经验,确实知道国文课室里的生活,无论哪一班,都很富于浪漫性的。大概看英文书总算是国文课室里例应举行的事了。实在,学生过了午刻,把西文课交代过后,便觉得这一天的担子全卸尽了,下午的国文课只好算是杂耍场、咖啡馆。却也不能一概而论,有几班,课室里面的生活是很规矩的,即使有人看英文书,也是老老实实的偷看,恣意谈笑的事是没有的。

大概在国文课室里肆无忌惮谈笑风生的学生,多半就是在西文课堂里循规蹈矩对待教员服从到万分的朋友们。他们也许是因为在西文课堂上太规矩,所以才在国文课堂上放肆;然而清华国文课室里的生活竟直接间接被这辈学生们的影响所支配了——这是记者不惜大书特书的一件事。

三　试验室

生物学、化学、物理,都有试验室。试验两小时作为一课。记者对于生物学试验室的生活最熟悉,请先略述。

我们爬上三层楼梯,实在觉得吃力。到了试验室里,各自取出一架显微镜放在桌上。然后按照着教员在黑板上写的试验程序逐步进行。每人有一个画图的本子。初学的时候,只是拿一个树叶子放在显微镜底下看看而已,看过再画张图,一小时就可完了。试验的东西渐渐的复杂了,但是学生的兴趣的增加也成正比例。试验看"阿米巴"的时候,把一滴污水放在显微镜下,发现奇形怪状的小玩艺儿的时候,不免要失惊而叫。记者在解剖青蛙的那几天,精神真受了重大的打击。教员用麻醉药 chloroform 停止了蛙的呼吸，然后每人拿一只，用铁钉把四肢钉在木板上。实在不止记者一人，面面相观，不敢下手开刀。但是终于没有法子，咬着牙只好把刀尖刺入蛙的腹皮，立刻一股鲜血淌下来。有些蛙尚未醉死，负创遂尽力的挣扎，时常在桌上乱跳起来，学生胆小的简直无法措手足了。有过几次这样的经验，心肠渐渐的硬了，于是解剖一个蛙也就不算一回事。试验室里最可怕的就是一股酒精浸蚯蚓的气味和火酒灯煮蛤蚌的气味。唉！那股味儿简直中人欲死。

化学室和物理室里的情形，记者不大明白，但是经过科学馆二层楼的时候，就可以嗅得一股希奇古怪的臭味。在化学室里过生活的学生却是"久而不闻其臭"，并非是与臭气同化，实是适应环境的效果。到化学物理试验室的学生们，兴趣很浓，有时试验不完，把火锅白菜牺牲了亦在所不惜，所谓"发愤忘食"者也。

体育馆生活

一　体育课

体育课大一级每周一小时，其他各级则二小时。上课的时候，学生由教室远道的跑到体育馆，先进更衣室脱衣服，然后全着制服——背心短裤——走进健身房。在冬天，冷得战栗；在夏天，汗出如浆。第一项运动，大概是在屋里跑几匝，然后喘吁吁的立定。第二项运动，大概是徒手运动；第三项，器械运动。器械运动最可怕的是校谚所谓"上吊"，又谓"张飞卖肉"——就是以两臂悬挂在木架上，练习腰部的筋肉，挂到几分钟之久就觉得浑身一条一条的筋都酸疼，一个一个的毛孔一齐冒汗。身体强健的学生，上这一堂体育课，简直行若无事；什么跳木马，翻筋斗，跳跃自如。但是弱者却有面色惨白者，有汗如雨下者，有喘气若牛者，甚而有昏迷不省人事者。在下课前十分钟，运动终止，学生便出来到浴室洗澡。

二 下午四至五时

差不多清华总有一大半学生每天到体育馆，或是来运动，或是洗澡。到下午四点，体育馆外的一路上的人络绎不绝的来了。更衣室里拥挤得不堪，那宽不盈尺的条凳上挤满了脱袜子的、脱裤子的、脱鞋子的。这时候，屋里有一股气味，应运而生。因为人多空气不流通的缘故，每一个铁柜子里发出一股湿手巾湿衣服的气味来，每一个人身上发出一股汗腥气味来，每一双橡皮鞋里发出一股橡皮底加脚汗的气味来——这几股气味搀杂在一起，经过了化学作用，然后又蒸发成一股五味俱全的混合气味。虽然，这里的生意真发达，人口的密度差不多每一方尺里有一个人。

脱衣服的时候，大家绝不是噤若寒蝉的。天生有西洋音乐的洋天才的同学，往往引吭高歌，除了博得几个同学若有意若无意的喝彩以外，时常引得有同好的人也情不自禁的哼起来了。擅中国旧戏的票友，自然也要在这一股臭气中间唱几句"小东人……"之类的雅调。此外还有一般同学高谈阔论，举凡课室生涯，学生政治，琐闻笑柄，全都可以谈到。并且清华的校谚(school slang)也能充分的听到。所以要想到清华来"入境问俗"，最好是到这里来调查一下。

要运动的，一半走到健身房里去，一半走出馆外，暂且不提。且说要洗澡的同学们，在更衣室里人声嘈杂中脱了衣服，一丝不挂的走进浴室。浴室里的人口的密度也不在更衣室以下；尤其是在喷水管底下的地方，这里一方尺或者可以站两个人，因为一个喷水管底下同时有好几个学生洗着。屋里温度很高，水气弥漫着和雾一般。迷迷糊糊的里面，可以看见无数的人影幢幢，什么曲线不曲线，可就谈不到了。

有人洗完澡就走了，穿上衣服，飘然而去。身上觉得异常的轻松滑腻。有些人却要到泅水池里面周旋周旋，啊，泅水池里的生活可就有趣了。

善泅水的从深处一跃而下，仰浮，侧击，无不如意。初学的同学可就步到浅处，慢慢的下水，有些人只是在水里站着，看着别人泅水；有些人拼命死干，把头藏在水里，手足乱打，水花四溅，结果是一步也不能移前。有许多心有余而力不足的人，往往大胆的跳入深处，心慌意乱，四顾茫然，力尽气竭，于是就要张开嘴大喝其水了。旁边就有人跳下水去，做"胜造七级浮屠"的事，把他救上来。我们若问这位痛饮的人："喝了多少水？"他将把两手伸出来比着一个圆形，说："有这么好几碗！"吃过一回水的朋友，大概就要把泅水池看做畏途了。但是光顾泅水池的依然是多的，大半在浅处挤着，所以在水里受"胯下之辱"的不知凡几。

到健身房运动的同学，大概是以发达筋肉为目的，但是专练爬绳、翻筋斗一类的则是志不在小，意在预备出洋考试，所以热中出洋的书虫子等往往在这里用功夫。

学生在上手工课（清华学校时期）

三 体育馆外

运动场上在四点以后人可就多了。足球场、篮球场、网球场、抵球场、手球场、棍球场，按着季候都有人玩。冬天时候，足球篮球最发达，分队练习，精神百倍，作壁上观者却也很多。荷花池也就做了滑冰场，上面可以打球。滑冰的人极多，老将则迅飞疾驶，如流丸，如穿梭，如走马灯，新手则扭扭捏捏，东歪西倒，若无立锥之地。春夏间，网球最时髦。球场不敷使用，非抢不能占到，于是礼拜六七日便有人在破晓的时候就占据着。玩棍球的寥寥无几，因为都觉得手掌是肉做的，犯不着被球打肿。

单有一派学生最嗜技击，时常在体育馆北面打拳舞剑。他们的脉力大概是不可限量的；但是因为"学有专精"的缘故，他们的本领登峰造极也不过是中国国粹武术家，对于西洋运动不大在行。

食堂与售品所生活

一 食堂

每天早晨七点二十分的时候，食堂里面桌上放着三盘又白又大的馒头，每盘八个，热气腾腾。此外还有两碟咸菜，如盐白菜八宝菜酱萝卜之类。大桶的稀饭约有七八桶，散置在桌旁。敲过七点二十分的吃饭钟以后，学生陆续的到了食堂；到食堂来是有两个任务，一是吃馒头稀饭，一是为斋务员来点名。清华学生总有一点小毛病，吃馒头非剥皮不可，连皮吃下去的真是不多见。剥皮并不一定是嫌皮不干净，只是相习成风，见了馒头就想剥皮。咸菜加油,是常事。学生只消一举手,就有穿着白布围衫的厨役走过来应候。

斋务员总要迟几分钟才来点名,把不到的记在本子上,然后便到他的桌上吃他的馒头稀饭。在夏天,大概不到的很少;在冬天,"被窝暖暖的",学生不大肯离开睡床来吃馒头,所以缺席者便多了。但是,缺席十次就要记小过,故此有许多人又怕记过又懒得起床,结果是在七点二十分的时候忙忙的披上衣服,不洗脸,不漱口,一口气奔到食堂座位上,恭候点名。他们坐着向三盘馒头发呆,俟斋务员点过名后,再出来去洗脸。这种现象在高等科食堂冬天时候发现得最多。

大一级的学生,多少是该优待些的。他们早晨可以不到食堂来点名,虽然馒头稀饭是照样给他们预备的。

午饭是在十二点正。但是在前十分钟的时候,门外已经拥挤得水泄不通了。当然,这些人的心境是不一样的:有些确实是饿极了,虽然早晨有三个馒头两碗稀饭入肚,到了十一点的时候,肚子里居然就会作雷鸣,所以现在门外,想捷足先登;有些人倒还没有饿到疯的程度,只是下了第四堂课,无事可做,信步踱到食堂门前看条告——五花八门各形各色的条告。食堂门是锁着的,恐怕外面的人为菜饭所吸引而斩关攻入。十二点唣唣的敲了,情急者便大声急呼:"开门!开门!打钟了!打钟了!"里面的厨役往往听不见,坚壁不纳;在这种情形之下,年幼的同学有时发生误会了。现在已有万全的新法,由斋务处至食堂装设电铃,只要斋务处听见钟响把铃一按,厨役遵令开关。学生长驱直入,摩肩接踵,浩浩荡荡。有些人把帽子大衣挂在衣架上,有些人却峨大冠,披大氅,早已匙箸并举了。

这时候,谈笑声,匙箸声,偶还有一两声碎碗声,嘈杂盈耳。吃饭的情形,大有可观。清华学生的特色之一,就是饭量大。八个人一桌,每桌四个大碗四盘菜,大概过不了十分钟,就会有"刷盘子"、"洗碗"的举动发生。有些人"红蜻蜓"似的身体,但是吃起馒头来可以随随便便的开销十几个;有些人,闷头吃饭不说话,其心最不可测,当然他的吃饭的 velocity 也就不可限量了。盘碗见底以后,时常腹中尚觉不足,咸菜往往就应运而至了。咸菜是真咸,谁也不敢多吃。饭菜既是有限,而吃者腹量无涯,有时有人就要略施小技,向同桌的一位说:"你讲个笑话罢?我们真爱听你的笑话!"说笑话的指手画脚的说得不亦乐乎,大家努力吃饭,笑话完了,菜也完了。同桌吃饭的人,全是自由选择的,所以吃起来放量狂啖,毫无拘束,信口开合,谈笑自若。

在冬季,四个大碗,改作一个火锅,火锅里面是酱油汤煮白菜。其味不可以形容。

清华学生饭量固大,而观察却真灵敏。一根头发,一叶稻草,一头苍蝇,时常在菜里发掘出来。有时候学生和厨役私和了,换一样菜就算完事;有时候公事公办,报告给庶务员,大概就要罚厨房几角钱,那盘菜若所余尚多则罚照样另做。

晚饭和午饭一样,不必多说。食堂里最浪漫的生活,要算是饭前饭后的应时小卖。

早晨的馒头稀饭,有些人实在吃够了,尤其是大一级的学生,早晨既不点名,大半就永远不和馒头稀饭见面了。他们总在早餐后,三三两两的惠临食堂,吃面,吃炒馒头,吃炸饼,随意零吃。有几个人是每晨必到,每到必吃面,所以只消他进食堂一举手做势,厨役就会把一"二海"素面、一碟木樨肉送到他的跟前。

对清华学生,功课得 E 或被举为什么会的职员,实在是请客好题目。请客大半是到食堂了。厨房的生意可以说是一半在请客上做的。清华学生的请客,和社会上的酬酢大不相同。客人是一些也不客气,大概主人要一盘白菜炒肉丝,客人会要求改为大碗的。最通行的菜,大概是炒鸡子、炸香肠、榨菜肉末、白菜心汤……也许临了还有一碗橙子羹或是"照样来"。"照样来"者即是一碗混和的甜汤,无以名之,只好在看见别人吃的时候告诉厨役"照样来"罢。清华学生的创造力很不弱,"糖醋溜元宵"、"香肠炒肉丝"都有人发明尝试过。请客的时候若与会餐时迫近,就不便在食堂举行了。厨房里面有一间"米房",四面堆着米口袋,中间放着一张八仙桌,这似乎就可以叫做雅座了。雅座总是高朋满座的,候补者亦大有人在。厨役当中,笨拙的占多数,点了五样菜,或者就要忘了三样,所以请客者为节省精力起见往往指明要第几号的厨役。

以上只讲食堂的大概。至于所谓"练习桌"者,里面生活何似,局外人不能知道。但是在门外时常可以看见大盘大碗的鱼肉送进去,大约滋补品一定很多的。并且隔着一层木板,有时听得笑声轰然。

二 售品所

售品所的食品部是卖零碎杂食的。冬天有些人来吃豆浆,附带着买几块远东糕点，如汽鼓、栗子糕，至若小凤饼、福建饼，则渐渐无人过问了。

"老婆饼"最脍炙人口，想来是因为饼名耐人咀嚼。吃豆浆的法子，人各不同，最希奇的要算是以鸡蛋皮卷吸着吃了，校谚谓之"打气"。夏天院里搭起凉棚，冰激凌、汽水、酸梅汤的销路真广，冰激凌多时每天销廿几桶。梨、花生、栗子、"巧口来"，一概发行。大概来到售品所吃东西的，总是成群结伙，三三两两的同吃；若是有人匹马单枪只身独自的来吃，则群目之为"唱 solo"。从售品所吃东西出来的人，大概肚子总要涨得难受，因为甜咸搀杂，湿干并举，胃可就成杂货店了。然而售品所的生意，还是异常发达。

* 本篇原载于一九二三年四月二十八日《清华周刊》第二七九期。原文分八个部分，即《课室生活》、《图书馆生活》、《体育馆生活》、《课外作业生活》、《食堂与售品所生活》、《"娱乐"生活》、《假期生活》、《医院生活》，作者为梁实秋、翟桓和顾毓琇。其中，《课室生活》、《体育馆生活》、《食堂与售品所生活》为梁实秋所撰；《图书馆生活》、《课外作业生活》、《"娱乐"生活》为翟桓所撰；《假期生活》、《医院生活》为顾毓琇所撰。

清华学生生活与文学

　　清华受了"美国化"的影响,所以学生生活偏向物质方面发展。在真正的美国人看起来,也许还嫌我们受的"美国化"不够程度;但根据我们东方的文化及哲学,我们染受的"美国化"恐怕已经不可救药了。

　　景超在《学生杂志》撰的《清华学生生活》一文,确是一篇极真切的写照;虽然遗漏了学生精神生活方面的记载,但我认为这正是实在情形,清华就没有精神生活。

　　在这种景况之下,清华似乎是与文学无缘接近。诚然,清华是预备留美的学校,美国擅长的是科学,是工业,是社会科学,我们研究文学做什么?但是,在这种环境影响里又很容易激出少数人的反应的行为,助长他们对于文学的嗜好。大多数的学生是安于清华的物质生活，还有少数的学生是极端崇仰"美国化"的。故此在清华若是有反文学的倾向，这是当然的结果，毫无足怪；清华若是产出大文学家，文学鉴赏能成为清华的风气，这是非常的现象。但是，我愿意那种当然的结果以后变成容忍的态度，非常的现象能蒸为习尚。

文学与科学是绝不相妨的，虽然他们的性质与职务是完全不在一条路上。薛蕾(Shelly)说："诗人是未经认识的全世界的规划者。"歌德(Goethe)说："我这心情是我唯一的至宝……我智所能知的，什么人都可以知道。"——这些话一定被许多人看做诗人的疯话了。但是专以"强国强种"为人生唯一的目标，根本不承认文学的重要的人，我想无论是科学家、文学家，都不能赞成他的。薛蕾唱着他的醉人的《天鹨咏》，同时做他的改造社会的事业；歌德写着他的不朽的《浮士德》，他却是法科大学毕业的学生。科学是 Necessary Evil，假如我们承认从事科学的人不能不过"人的生活"，那么，当我讲清华学生生活与文学的时候，从事科学的同学们当然是在我的考虑以内。

清华的生活是沙漠的生活，我们若是放任我们自己，在沙漠里辗转挣扎，结果就是不干枯而死，也要受影响终身的一场大病。我们都是二十岁上下的一般青年，我们的心情都正在开花的时候。我们到清华来求学，绝不是来束缚我们的心情；我们现在是学生，我们现在同时是"人"。无论是按威权论、良心论、利乐论的伦理学说，快乐假如不是人生最后的目的，也是人生中所不断的企求的一件事。越是勤用理智的人，越要快乐去调剂他。我们在清华，摇铃上课，摇铃下课，摇铃起床，摇铃睡觉，过这种刻板的生活——这种生活是学校当然的现象，假如再不自己找出快乐的泉源，必致酿成脑经畸形发展的病态。有许多同学在试验室里得到很大的兴趣，或是在教科书里得到很浓的意味，并不感到生活的干枯，那么，他们便是连这种感觉都不敏锐了，岂不是更可怕的病症么？快乐的途径多得很，文学是最容易走最近的捷径。何以呢？

走到文学路上的初步，便是文学鉴赏。当我们读书读到头痛，运动到了疲倦的时候，试读几首美丽的诗歌、动人的小说、精妙的戏剧，便觉得神清志怡，另有天地，情感得到相当的发泄，这时候便是快乐了。立在鉴赏者的地位看，文学的技艺在艺术里是最浅易的了。随便谁，诗小说戏剧总能看得懂。只要我们肯向文学里求快乐，总是不会失望的。在美国的同学，有好几个因为受不了生活的烦闷，抛弃了他们的学科，走到文学里求快乐来了。已经干槁的草木，什么甘霖仙露也救不活了。我们堕入清华大沙漠的同学啊！为什么不赶快随时的到文艺的泉源掬一勺水饮呢？

现在清华能赏鉴文学的是极少数。除了在别种艺术中享乐的以外，大半是在沙漠里涸着。受到文学泽润的范围，犹之沙漠中之 oasis；我愿这个 oasis 逐渐的泛滥扩大，使清华沙漠的生活成为 oasis 里的沙漠。

有了鉴赏文学的群众，才能培养出文学的天才。惠特曼说："To have great poet, there must be great audiences too." 我们应该明白：清华恶浊空气埋没了多少文艺的天才！

清华的景物，大半是适合文人环境的，我们"归返自然"罢！

总结几句：清华生活是最不适宜于文学的，惟以其不适宜，所以文学越成为清华生活所必须。已经美国化的清华我们同时要把他文学化。文学化后的清华生活才是我们至可宝贵的东方生活。

朋友！觉得渴么？快到沙漠中的 oasis 里去！

＊　本篇原载于一九二二年十一月二十二日《清华周刊·文艺增刊》第一期。

清华学堂（1918年建成）

「疲马恋旧秣，羁禽思故栖」

"疲马恋旧秣，羁禽思故栖"是孟郊的句子，人与疲马羁禽无异，高飞远走，疲于津梁，不免怀念自己的旧家园。

我的老家在北平，是距今一百几十年前由我祖父所置的一所房子。坐落在东城相当热闹的地区，出胡同东口往北是东四牌楼，出胡同西口是南小街子。东四牌楼是四条大街的交叉口，所以商店林立，市容要比西城的西四牌楼繁盛得多。牌楼根儿底下靠右边有一家干果子铺，是我家投资开设的，领东的掌柜的姓任，山西人，父亲常在晚间带着我们几个孩子溜达着到那里小憩，掌柜的经常飨我们以汽水，用玻璃球做塞子的那种小瓶汽水，仰着脖子对着瓶口汩汩而饮之，还有从蜜钱缸里抓出来的蜜饯桃脯的一条条的皮子，当时我认为那是一大享受。南小街子可是又脏又臭又泥泞的一条路，我小时候每天必需走一段南小街去上学，时常在羊肉床子看宰羊，在切面铺买"干蹦儿"或"糖火烧"吃。胡同东口外斜对面就是灯市口，是较宽敞的一条街，在那里有当时唯一可以买到英文教科书《汉英初阶》及墨水钢笔的汉英图书馆，以后又添了一家郭纪云，路南还有一家小有名气的专卖卤虾小菜臭豆腐的店。往南走约十五分钟进金鱼胡同便是东安市场了。

我的家是一所不大不小的房子。地基比街道高得多，门前有四层石台阶，情形很突出，人称"高台阶"。原来门前还有左右分列的上马石凳，因妨碍交通而拆除了。门不大，黑漆红心，浮刻黑字"忠厚传家久，诗书继世长"，门框旁边木牌刻着"积善堂梁"四个字，那时人家常有堂号，例如，"三槐堂王"、"百忍堂张"等等，"积善堂梁"出自何典我不知道。"积善之家必有余庆"，语见《易经》，总是勉人为善的好话，作为我们的堂号亦颇不恶。打开大门，里面是一间门洞，左右分列两条懒凳，从前大门在白昼是永远敞着的，谁都可以进来歇歇腿。一九一一年兵变之后才把大门关上。进了大门迎面是两块金砖镂刻的"戬谷"两个大字，戬谷一语出自诗经"俾尔戬谷"。戬是福，谷是禄，取其吉祥之义。前面放着一大缸水葱（正名为莞，音冠），除了水冷成冰的时候总是绿油油的，长得非常旺盛。

向左转进四扇屏门，是前院。坐北朝南三间正房，中间一间辟为过厅，左右两间一为书房一为佛堂。辛亥革命前两年，我的祖父去世，佛堂取消，因为我父亲一向不喜求神拜佛，这间房子成了我的卧室,那间书房属于我的父亲,他镇日价在里面摩挲他的那些有关金石小学的书籍。前院的南边是临街的一排房,作为佣人的居室。前院的西边又是四扇屏门,里面是西跨院,两间北房由塾师居住,两间南房堆置书籍,后来改成了我的书房。小跨院种了四棵紫丁香,高逾墙外,春暖花开时满院芬芳。

走进过厅,出去又是一个院子,迎面是一个垂花门,门旁有四大盆石榴树,花开似火,结实大而且多,院里又有几棵梨树,后来砍伐改种四棵西府海棠。院子东头是厨房,绕过去一个月亮门通往东院,有一棵高庄柿子树,一棵黑枣树,年年收获累累,此外还有紫荆、榆叶梅等等。我记得这个东院主要用途是摇煤球,年年秋后就要张罗摇煤球,要敷一冬天的使用。煤黑子把煤渣与黄土和在一起,加水,和成稀泥,平铺在地面,用铲子剁成小方粒,放在大簸箩里像滚元宵似的滚成圆球,然后摊在地上晒,这份手艺真不简单,我儿时常在一旁参观十分欣赏。如遇天雨,还要急速动员抢救,否则化为一汪黑水全被冲走了。在那厨房里我是不受欢迎的,厨师嫌我们碍手碍脚,拉面的时候总是塞给我一团面教我走得远远的,我就玩那一团面,直玩到那团面像是一颗煤球为止。

进了垂花门便是内院,院当中是一个大鱼缸,一度养着金鱼,缸中还矗立着一座小型假山,山上有桥梁房舍之类,后来不知怎么水也涸了,假山也不见了,干脆作为堆置煤灰煤渣之处,一个鱼缸也有它的沧桑!东西厢房到夏天晒得厉害,虽有前廊也无济于事,幸有宽幅一丈以上的帐篷三块每天及时支起,略可遮抗骄阳。祖父逝后,内院建筑了固定的铅铁棚,棚中心设置了两扇活动的天窗,至是"天棚鱼缸石榴树……"乃粗具规模。民元之际,家里的环境突然维新,一日之内小辫子剪掉了好几根,而且装上了庞然巨物——钉在墙上的"德律风",号码是六八六。照明的工具原来都是油灯,猪蜡,只有我父亲看书时才能点白光熠熠的"僧帽"牌的洋蜡,煤油灯认为危险,一向抵制不用,至是里里外外装上了电灯,大放光明。还有两架电扇,西门子制造的,经常不准孩子们走近五尺距离以内,生怕削断了我们的手指。

内院上房三间,左右各有套间两间。祖父在的时候,他坐在炕上,隔着玻璃窗子外望,我们在院里跑都不敢跑。有一次我们几个孩子听见胡同里有"打糖锣儿的"的声音,一时忘形,蜂拥而出,祖父大吼:"跑什么?留神门牙!"打糖锣儿的乃是卖糖果的小贩,除了糖果之外兼卖廉价玩具、泥捏的小人、蜡烛台、小风筝、摔炮,花样很多,我母亲一律称之为"土筐货"。我们买了一些东西回来,祖父还坐在那里,唤我们进去。上房是我们非经呼唤不能进去的,而且是一经呼唤便非进去不可的,我们战战兢兢的鱼贯而入,他指着我问:"你手里拿着什么?"我说:"糖。""什么糖?"我递出了手指粗细的两根,一支黑的,一支白的。我解释说:"这黑的,我们取名为狗屎橛;这白的为猫屎橛。"实则那黑的是杏干做的,白的是柿霜糖,祖父笑着接过去,一支咬一口尝尝,连说:"不错,不错。"他要我们下次买的时候也给他买两支。我们奉了圣旨,下次听到糖锣儿一响,一涌而出,站在院子里大叫:"爷爷,您吃猫屎橛,还是吃狗屎橛?"爷爷会立即答腔:"我吃猫屎橛!"这是我所记得的与祖父建立密切关系的开始。

父母带着我们孩子住西厢房,我同胞一共十一个,我记事的时候已经有四个，姊妹兄弟四个孩子睡一个大炕，好热闹，尤其是到了冬天，白天玩不够，夜晚钻进被窝齐头睡在炕上还是吱吱喳喳笑语不休，母亲走过来巡视，把每个孩子脖梗子后面的棉被塞紧，使不透风，我感觉异常的舒适温暖，便怡然入睡了。我活到如今，夜晚睡时脖梗子后面透凉气，便想到母亲当年那一份爱抚的可贵。母亲打发我们睡后还有她的工作，她需要去伺候公婆的茶水点心，直到午夜；她要黎明即起，张罗我们梳洗，她很少睡觉的时间，可是等到"多年的媳妇熬成婆"，这情形又周而复始，于是女性惨矣！

　　大家庭的膳食是有严格规律的，祖父母吃小锅饭，父母和孩子吃普通饭，男女仆人吃大锅饭，只有吃煮饽饽吃热汤面是例外。我们北方人，饭桌上没有鱼虾，烩虾仁、溜鱼片是馆子里的菜，只有春夏之交黄鱼、大头鱼相继进入旺季，全家才能大快朵颐，每人可以分到一整尾。秋风起，要吃一两回锅爆羊肉，牛肉是永远不进家门的。院子里升起一大红泥火炉的熊熊炭火，有时也用柴，噼噼啪啪的响，锅上肉香四溢，颇为别致。秋高蟹肥，当然也少不了几回持螯把酒。平时吃的饭是标准的家常饭，到了特别的吉庆之日，看祖父母的高兴，说不定就有整只烤猪或是烧鸭之类的犒劳。祖父母的小锅饭也没有什么了不起，也不过是爆羊肉、烧茄子、焖扁豆之类，不过是细切细做而已。我记得祖父母进膳时，有时看到我们在院里拍皮球，便喊我们进去，教我们张开嘴巴，用筷子夹起半肥半瘦的羊肉片往嘴里塞，我们实在不欣赏肥肉，闭着嘴跑到外面就吐出来。祖父有时候吃得高兴，便教"跑上房的"小厮把厨子唤来，隔着窗子对他说："你今天的爆羊肉做得好,赏钱两吊!"厨子在院中慌忙屈腿请安,连声谢谢,我觉得很好笑。我祖母天天要吃燕窝,夜晚由老张妈带上老花眼镜坐在门旮旯儿弓着腰驼着背摘燕窝上的细茸毛,好可怜,一清早放在一个薄铫儿里在小炉子上煨。官燕木盒子是我们的,黑漆金饰,很好玩。

我母亲从来不下厨房,可是经我父亲特烦,并且亲自买回鱼鲜笋蕈之类,母亲亲操刀砧,做出来的菜硬是不同。我十四岁进了清华学校,每星期只准回家一次,除去途中往返,在家只有一顿午饭从容的时间,母亲怜爱我,总是亲自给我特备一道菜,她知道我爱吃什么,时常是一大盘肉丝韭黄加冬笋木耳丝,临起锅加一大勺花雕酒——菜的香,母的爱,现在回忆起来不禁涎欲滴而泪欲垂!

我生在西厢房,长在西厢房,回忆儿时生活大半在西厢房的那个大炕上。炕上有个被窝垛,由被褥堆垛起来的,十床八床被褥可以堆得很高,我们爬上爬下以为戏,直到把被窝垛压到连人带被一齐滚落下来然后已。炕上有个炕桌,那是我们启蒙时写读的所在。我同哥姐四个人,盘腿落脚的坐在炕上,或是把腿伸到桌底下,夜晚靠一盏油灯,三根灯草,描红模子,写大字,或是朗诵"一老人,入市中,买鱼两尾,步行回家"。我会满怀疑虑的问父亲:"为什么他买鱼两尾就不许他回家?"惹得一家大笑。有一回我们围着炕桌夜读,我两腿清酸,一时忘形把膝头一拱,哗刺刺一声炕桌滑落地上,油灯墨盒泼洒得一塌糊涂。母亲有时督促我们用功,不准我们淘气,手里握着笤帚疙瘩或是掸子把儿,作威吓状,可是从来没有实行过体罚。这西厢房就是我的窝,夙兴夜寐，没有一个地方比这个窝更为舒适。虽然前面有廊檐而后面无窗，上支下摘的旧式房屋就是这样的通风欠佳。我从小就是喜欢早起早睡。祖父生日有时叫一台"托偶戏"在院中上演，有时候是滦州影戏，唱的无非是什么《盘丝洞》、《走鼓沾棉》、《三娘教子》、《武家坡》之类，大锣大鼓，尖声细嗓，我吃不消，我依然是按时回房睡觉，大家目我为落落寡合的怪物。可是影戏里有一个角色我至今不忘，那就是每出戏完毕之后上来叩谢赏钱的那个小丑，满身袍褂靴帽而脑后翘着一根小辫，跪下来磕三个响头，有人用惊堂木配合着用力敲三下，砰砰砰，清脆可听。我所以对这个角色发生兴趣，是因为他滑稽，同时代表那种只为贪图一吊两吊的小利就不惜卑躬屈节向人磕头的奴才相。这种奴才相在人间世里到处皆是。

小时过年固然热闹，快意之事也不太多。除夕满院子洒上芝麻秸，踩上去喀吱喀吱响，一乐也；宫灯、纱灯、牛角灯全部出笼，而孩子们也奉准每人提一只纸糊的"气死风"，二乐也；大开赌戒，可以掷状元红，呼卢喝雉，难得放肆，三乐也。但是在另一方面，年菜年年如是，大量制造，等于是天天吃剩菜，几顿煮饽饽吃得人倒尽胃口。杂拌儿么，不管粗细，都少不了尘埃细沙杂拌其间，吃到嘴里牙碜。撤供下来的蜜供也是罩上了薄薄一层香灰。压岁钱则一律塞进"扑满"，永远没满过，也永远没扑过，后来不知到哪里去了。天寒地冻，无处可玩，街上店铺家家闭户，里面不成腔调的锣鼓点儿此起彼落。厂甸儿能挤死人，为了"喝豆汁儿，就咸菜儿，琉璃喇叭大沙雁儿"，真犯不着。过年最使人窝心的事莫过于挨门去给长辈拜年，其中颇有些位只是年齿比我长些，最可恼的是有时候主人并不挡驾而教你进入厅堂朝上磕头，从门帘后面蓦地钻出一个不三不四的老妈妈："哟，瞧这家的哥儿长得可出息啦！"辛亥革命以后我们家里不再有这些繁文缛节。

还有一个后院，四四方方的，相当宽绰。正中央有一棵两人合抱的大榆树。后边有榆（余）取其吉利。凡事要留有余，不可尽，是我们民族特性之一。这棵榆树不但高大而且枝干繁茂，其圆如盖，遮满了整个院子。但是不可以坐在下面乘凉，因为上面有无数的红毛绿毛的毛虫，不时的落下来，咕咕囔囔的惹人嫌。榆树下面有一个葡萄架，近根处埋一两只死猫，年年葡萄丰收，长长的马乳葡萄。此外靠边还有香椿一、花椒一、嘎嘎儿枣一。每逢春暮，榆树开花结荚，名为榆钱。榆荚纷纷落下时，谓之"榆荚雨"（见《荆楚岁时记》）。施肩吾《咏榆荚》诗："风吹榆钱落如雨，绕林绕屋来不住。"我们北方人生活清苦，遇到榆荚成雨时就要吃一顿榆钱糕。名为糕，实则捡榆钱洗净，和以小米面或棒子面，上锅蒸熟，舀取碗内，加酱油醋麻油及切成段的葱白葱叶而食之。我家每做榆钱糕成，全家上下聚在院里，站在阶前分而食之。比《帝京景物略》所说"四月榆初钱，面和糖蒸食之"还要简省。仆人吃过一碗两碗之后，照例要请安道谢而退。我的大哥有一次不知怎的心血来潮，吃完之后也走到祖母跟前，屈下一条腿深深请了个安，并且说了一声："谢谢您！"祖母勃然大怒："好哇！你把我当作什么人？……"气得几乎晕厥过去。父亲迫于形势，只好使用家法了。从墙上取下一根藤马鞭，高高举起，轻轻落下，一五一十的打在我哥哥的屁股上。我本想跟进请安道谢，幸而免，吓得半死，从此我见了榆钱就恶心，对于无理的专制与压迫在幼小时就有了认识。后院东边有个小院,北房三间,南房一间,其间有一口井。井水是苦的,只可汲来洗衣洗菜,但是另有妙用,夏季把西瓜系下去,隔夜取出,透心凉。

想起这栋旧家宅,顺便想起若干儿时事,如今隔了半个多世纪,房子一定是面目全非了。其实人也不复是当年的模样,纵使我能回去探视旧居,恐怕我将认不得房子,而房子恐怕也认不得我了。

＊　本篇选自一九八〇年台北九歌出版社出版的《白猫王子及其他》。

书房

书房，多么典雅的一个名词！很容易令人联想到一个书香人家。书香是与铜臭相对待的。其实书未必香，铜亦未必臭。周彝商鼎，古色斑斓，终日摩挲亦不觉其臭，铸成钱币才沾染市侩味，可是不复流通的布泉刀错又常为高人赏玩之资。书之所以为香，大概是指松烟油墨印上了毛边连史，从不大通风的书房里散发出来的那一股怪味，不是桂馥兰熏，也不是霉烂馊臭，是一股混合的难以形容的怪味。这种怪味只有书房里才有，而只有士大夫家才有书房。书香人家之得名大概是以此。

寒窗之下苦读的学子多半是没有书房，囊萤凿壁的就更不用说。所以对于寒苦的读书人，书房是可望而不可即的豪华神仙世界。伊士珍《琅嬛记》："张华游于洞宫,遇一人引至一处,别是天地,每室各有奇书,华历观诸室书,皆汉以前事,多所未闻者,问其地,曰:'琅嬛福地也。'"这是一位读书人希求冥想一个理想的读书之所,乃托之于神仙梦境。其实除了赤贫的人饔飧不继谈不到书房外,一般的读书人,如果肯要一个书房,还是可以好好布置出一个来的。有人分出一间房子养来亨鸡,也有人分出一间房子养狗,就是匀不出一间作书房。我还见过一位富有的知识分子,他不但没有书房,也没有书桌,我亲见他的公子趴在地板上读书,他的女公子用块木板在沙发上写字。

一个正常的良好的人家,每个孩子应该拥有一个书桌,主人应该拥有一间书房。书房的用途是庋藏图书并可读书写作于其间,不是用以公开展览藉以骄人的。"丈夫拥有万卷书,何假南面百城!"这种话好像是很潇洒而狂傲,其实是心尚未安无可奈何的解嘲语,徒见其不丈夫。书房不在大,亦不在设备佳,适合自己的需要便是,局促在几尺宽的走廊一角,只要放得下一张书桌,依然可以作为一个读书写作的工厂,大量出货。光线要好,空气要流通,红袖添香是不必要的,既没有香,"素碗举,红袖长"反倒会令人心有别注。书房的大小好坏,和一个读书写作的成绩之多少高低,往往不成正比例。有好多著名作品是在监狱里写的。

我看见过的考究的书房当推宋春舫先生的褐木庐为第一,在青岛的一个小小的山头上,这书房并不与其寓邸相连,是单独的一栋。环境清幽,只有鸟语花香,没有尘嚣市扰。《太平清话》:"李德茂环积坟籍,名曰书城。"我想那书城未必能和褐木庐相比。在这里,所有的图书都是放在玻璃柜里,柜比人高,但不及栋。我记得藏书是以法文戏剧为主。所有的书都精装，不全是buckram（胶硬粗布），有些是真的小牛皮装订(half calf, ooze calf, etc.)，烫金的字在书脊上排着队闪闪发亮。也许这已经超过了书房的标准，微近于藏书楼的性质，因为他还有一册精印的书目，普通的读书人谁也不会把他书房里的图书编目。

周作人先生在北平八道湾的书房，原名苦雨斋，后改为苦茶庵，不离苦的味道。小小的一幅横额是沈尹默写的。是北平式的平房，书房占据了里院上房三间，两明一暗。里面一间是知堂老人读书写作之处，偶然也延客品茗。几净窗明，一尘不染。书桌上文房四宝井然有致。外面两间像是书库，约有十个八个书架立在中间，图书中西兼备，日文书数量很大。真不明白苦茶庵的老和尚怎么会掉进了泥淖一辈子洗不清！

闻一多的书房，和"闻一多先生的书桌"一样，充实、有趣而乱。他的书全是中文书，而且几乎全是线装书。在青岛的时候，他仿效青岛大学图书馆庋藏中文图书的办法，给成套的中文书装制蓝布面，用白粉写上宋体字的书名，直立在书架上。这样的装备应该是很整齐可观，但是主人要作考证，东一部西一部的图书便要从书架上取下来参加獭祭的行列了，其结果是短榻上、地板上，唯一的一把木根雕制的太师椅上，全都是书。那把太师椅玲珑邦硬，可以入画，不宜坐人，其实亦不宜于堆书，却是他书斋中最惹眼的一个点缀。

潘光旦在清华南院的书房另有一种情趣。他是以优生学专家的素养来从事我国谱牒学研究的学者，他的书房收藏这类图书极富。他喜欢用书护，那就是用两块木板将一套书夹起来，立在书架上。他在每套书系上一根竹制的书签,签上写着书名。这种书签实在很别致,不知杜工部《将赴草堂途中有作》所谓"书签药裹封尘网"的书签是否即系此物。光旦一直在北平,失去了学术研究的自由,晚年丧偶,又复失明,想来他书房中那些书签早已封尘网了!

汗牛充栋,未必是福。丧乱之中,牛将安觅?多少爱书的人士都把他们苦心聚集的图书抛弃了,而且再也鼓不起勇气重建一个像样的书房。藏书而充栋,确有其必要,例如从前我家有一部小字本的图书集成,摆满上与梁齐的靠着整垛山墙的书架,取上层的书须用梯子,爬上爬下很不方便,可是充栋的书架有时仍是不可少。我来台湾后,一时兴起,兴建了一个连在墙上的大书架,邻居绸缎商来参观,叹曰:"造这样大的木架有什么用,给我摆列绸缎尺头倒还合用。"他的话是不错的,书不能令人致富。书还给人带来麻烦,能像郝隆那样七月七日在太阳底下晒肚子就好,否则不堪衣鱼之扰,真不如尽量的把图书塞入腹笥,晒起来方便,运起来也方便。如果图书都能做成"显微胶片"纳入腹中,或者放映在脑子里,则书房就成为不必要的了。

*　本篇选自一九八二年台北正中书局出版的《雅舍小品·三集》。

讲演

生平听过无数次讲演，能高高兴兴的去听，听得入耳，中途不打呵欠不打瞌睡者，却没有几次。听完之后，回味无穷，印象长留，历久弥新者，就更难得一遇了。

小时候在学校里，每逢星期五下午四时，奉召齐集礼堂听演讲，大部分是请校外名人莅校演讲，名之曰"伦理演讲"，事前也不宣布讲题，因为，学校当局也不知道他要讲什么。也很可能他自己也不知要讲什么。总之，把学生们教训一顿就行。所谓名人，包括青年会总干事、外交部的职业外交家、从前做过国务总理的、做过督军什么的，还有孔教会会长等等，不消说都是可敬的人物。他们说的话也许偶尔有些值得令人服膺弗失的，可是我一律"只作耳边风"。大概我从小就是不属于孺子可教的一类。每逢讲演，我把心一横，心想我卖给你一个钟头时间做你的听众之一便是。难道说我根本不想一瞻名人风采？那倒也不。人总是好奇，动物园里猴子吃花生，都有人围着观看。何况盛名之下世人所瞻的人物？闻名不如见面，不过也时常是见面不如闻名罢了。

给我印象最深的两次演讲，事隔数十年未能忘怀。一次是听梁启超先生讲《中国韵文里表现的情感》。时在民国十二年春，地点是清华学校高等科楼上一间大教室。主席是我班上的一位同学。一连讲了三四次，每次听者踊跃，座无虚席。听讲的人大半是想一瞻风采，可是听他讲得痛快淋漓，无不为之动容。我当时所得的印象是：中等身材，微露秃顶，风神潇散，声如洪钟。一口的广东官话，铿锵有致。他的讲演是有底稿的，用毛笔写在宣纸稿纸上，整整齐齐一大叠，后来发表在《饮冰室文集》。不过他讲时不大看底稿，有时略翻一下，更时常顺口添加资料。他长篇大段的凭记忆引诵诗词，有时候记不起来，愣在台上良久良久，然后用手指敲头三两击，猛然记起，便笑容可掬的朗诵下去。讲起《桃花扇》，诵到"高皇帝，在九天，也不管他孝子贤孙，变成了飘蓬断梗……"，竟涔涔泪下，听者愀然危坐，那景况感人极了。他讲得认真吃力，渴了便喝一口开水，掏出大块毛巾揩脸上的汗，不时的呼唤他坐在前排的儿子："思成，黑板擦擦！"梁思成便跳上台去把黑板擦干净。每次钟响，他讲不完，总要拖几分钟，然后他于掌声雷动中大摇大摆的徐徐步出教室。听众守在座位上，没有一个敢先离席。

又一次是民国二十年夏，胡适之先生由沪赴平，路过青岛，

1924年，印度诗哲泰戈尔来校讲学（第二排右一）

我们在青岛的几个朋友招待他小住数日，顺便请他在青岛大学讲演一次。他事前无准备，只得临时"抓哏"，讲题是《山东在中国文化上的地位》。他凭他平时的素养，旁征博引，由"齐一变至于鲁，鲁一变至于道"，讲到山东一般的对于学术思想文学的种种贡献，好像是中国文化的起源与发扬尽在于是。听者全校师生绝大部分是山东人，直听得如醍醐灌顶，乐不可支，掌声不绝，真是好像要把屋顶震塌下来。胡先生雅擅言词，而且善于恭维人，国语虽不标准，而表情非常凝重，说到沉痛处，辄咬牙切齿的一个字一个字的吐出来，令听者不由得不信服他所说的话语。他曾对我说，他是得力的圣经传道的作风，无论是为文或言语，一定要出之于绝对的自信，然后才能使人信。他又有一次演讲，一九六〇年七月他在西雅图"中美文化关系讨论会"用英文发表的一篇演说，题为《中国传统的未来》。他面对一些所谓汉学家，于一个多小时之内，缕述中国文化变迁的大势，从而推断其辉煌的未来，旁征博引，气盛言宜，赢得全场起立鼓掌。有一位汉学家对我说："这是一篇邱吉尔式(Churchillian)的演讲！"其实一篇言中有物的演讲，岂只是邱吉尔式而已哉？

一般人常常有一种误会，以为有名的人，其言论必定高明；又以为官做得大者，其演讲必定动听。一个人能有多少学问上的心得，处理事务的真知灼见，或是独特的经验，值得兴师动众，令大家屏息静坐以听？爱因斯坦，在某大学餐宴之后被邀致词，他站起来说："我今晚没有什么话好说，等我有话说的时候会再来领教。"说完他就坐下去了。过了些天他果然自动请求来校，发表了一篇精彩的演说。这个故事，知道的人很多，肯效法仿行的人太少。据说有一位名人搭飞机到远处演讲,言中无物,废话连篇,听者连连欠伸,冗长的演讲过后,他问听众有何问题提出,听众没有反应,只有一人缓缓起立问曰:"你回家的飞机几时起飞?"

我们中国士大夫最忌讳谈金钱报酬,一谈到阿堵物,便显着俗。司马相如的一篇《长门赋》得到孝武皇帝、陈皇后的酬劳黄金百斤,那是文人异数。韩文公为人作墓碑铭文,其笔润也是数以斤计的黄金,招来谀墓的讥诮。郑板桥的书画润例自订,有话直说,一贯的玩世不恭。一般人的润单,常常不好意思自己开口,要请名流好友代为拟订。演讲其实也是吃开口饭的行当中的一种,即使是学富五车,事前总要准备,到时候面对黑压压的一片,即使能侃侃而谈,个把钟头下来,大概没有不口燥舌干的。凭这一份辛劳,也应该有一份报酬,但是邀请人来演讲的主人往往不作如是想。给你的邀请函不是已经极尽恭维奉承之能事,把你形容得真像是一个万流景仰而渴欲一瞻风采的人物了么?你还不觉得踌躇满志?没有观众,戏是唱不成的。我们为你纠合这么大一批听众来听你说话,并不收取你任何费用,你好意思反过来向我们索酬?在你眉飞色舞唾星四溅的时候,我们不是没有恭恭敬敬的给你送上一杯不冷不烫的白开水,喝不喝在你;讲完之后,我们不是没有给你猛敲肉梆子;你打道回府的时候,我们不是没有恭送如仪,鞠躬如也的一直送到你登车绝尘而去。我们仁至义尽,你尚何怨之有?

天下不公平之事,往往如是,越不能讲演的人,偏偏有人要他上台说话;越想登台致词的人,偏偏很少机会过瘾。我就认识一个人,他略有小名,邀他讲演的人太多,使他不胜其烦。有一天

（一九八〇年三月十七日）他在报上看到一则新闻《邱永汉先生访问记》，有这样的一段：

邱先生在日本各地演讲，每两小时报酬一百万元，折合台币十五万。想创业的年轻人向他请益需挂号排队，面授机宜的时间每分钟一万元。记者向他采访也照行情计算，每半小时两万元。借阅资料每件五千元。他太太教中国菜让电视台录影，也是照这行情。从三月初起，日本职业作家一齐印成采访价目一览表，寄往各报社，价格随石油物价的变动又有新的调整。

他看了灵机一动，何妨依样葫芦？于是敷陈楮墨，奋笔疾书，自订润格曰："老夫精神日损，讲演邀请频繁。深闭固拒，有伤和气。舌敝唇焦，无补稻粱。爱订润例，稍事限制。各方友好，幸垂察焉。市区以内，每小时讲演五万元，市区以外倍之。约宜早订，款请先惠……"稿尚未成，友辈来访，见之大惊，咸以为不可。都说此举不合国情，而且后果堪虞。他一想这话也对，不可造次，其事遂寝。

---

* 本篇选自一九八二年台北正中书局出版的《雅舍小品·三集》。

我的一位国文老师

我在十八九岁的时候，遇见一位国文先生，他给我的印象最深，使我受益也最多，我至今不能忘记他。

先生姓徐，名镜澄，我们给他上的绰号是"徐老虎"，因为他凶。他的相貌很古怪，他的脑袋的轮廓是有棱有角的，很容易成为漫画的对象。头很尖，秃秃的，亮亮的，脸形方方的，扁扁的，有些像《聊斋志异》绘画中的夜叉的模样。他的鼻子眼睛嘴好像是过分的集中在脸上很小的一块区域里。他戴一副墨晶眼镜，银丝小镜框，这两块黑色便成了他脸上最显著的特征。我常给他画漫画，勾一个轮廓，中间点上两块椭圆形的黑块，便惟妙惟肖。他的身材高大，但是两肩总是耸得高高，鼻尖有一些红，像酒糟的,鼻孔里常川的藏着两筒清水鼻涕,不时的吸溜着,说一两句话就要用力的吸溜一声,有板有眼有节奏,也有时忘了吸溜,走了板眼,上唇上便亮晶晶的吊出两根玉箸,他用手背一抹。他常穿的是一件灰布长袍,好像是在给谁穿孝,袍子在整洁的阶段我没有赶得上看见,余生也晚,我看见那袍子的时候,即已油渍斑烂。他经常是仰着头,迈着八字步,两眼望青天,嘴撇得瓢儿似的。我很难得看见他笑,如果笑起来,是狞笑,样子更凶。

我的学校是很特殊的。上午的课全是用英语讲授,下午的课全是国语讲授。上午的课很严,三日一问,五日一考,不用功便被淘汰,下午的课稀松,成绩与毕业无关。所以每到下午上国文之类的课程,学生们便不踊跃,课堂上常是稀稀拉拉的不大上座,但教员用拿毛笔的姿势举着铅笔点名的时候,学生却个个都到了,因为一个学生不只答一声到。真到了的学生,一部分从事午睡,微发鼾声,一部分看小说如《官场现形记》、《玉梨魂》之类,一部分写"父母亲大人膝下"式的家书,一部分干脆瞪着大眼发呆,神游八表。有时候逗先生开玩笑。国文先生呢,大部分都是年高有德的,不是榜眼,就是探花,再不就是举人。他们授课不过是奉行故事,乐得敷敷衍衍。在这种糟糕的情形之下,徐老先生之所以凶,老是绷着脸,老是开口就骂人,我想大概是由于正当防卫吧。

有一天,先生大概是多喝了两盅,摇摇摆摆的进了课堂。这一堂是作文,他老先生拿起粉笔在黑板上写了两个字,题目尚未写完,当然照例要吸溜一下鼻涕,就在这吸溜之际,一位性急的同学发问了:"这题目怎样讲呀?"老先生转过身来,冷笑两声,勃然大怒:"题目还没写完,写完了当然还要讲,没写完你为什么就要问?……"滔滔不绝的吼叫起来,大家都为之愕然。这时候我可按捺不住了。我一向是个上午捣乱下午安分的学生,我觉得现在受了无理的侮辱,我便挺身分辩了几句。这一下我可惹了祸,老先生把他的怒火都泼在我的头上了。他在讲台上来回的踱着,吸溜一下鼻涕,骂我一句,足足骂了我一个钟头,其中警句甚多,我至今还记得这样的一句:

"×××! 你是什么东西? 我一眼把你望到底! "

这一句颇为同学们所传诵。谁和我有点争论遇到纠缠不清的时候,都会引用这一句:"你是什么东西? 我把你一眼望到底! "当时我看形势不妙,也就没有再多说,让下课铃结束了先生的怒骂。

但是从这一次起,徐先生算是认识我了。酒醒之后,他给我批改作文特别详尽。批改之不足,还特别的当面加以解释,我这一个"一眼望到底"的学生,居然成为一个受益最多的学生了。

徐先生自己选辑教材,有古文,有白话,油印分发给大家。《林琴南致蔡子民书》是他讲得最为眉飞色舞的一篇。此外如吴敬恒的《上下古今谈》,梁启超的《欧游心影录》,以及张东荪的《时事新报》社论,他也选了不少。这样新旧兼收的教材,在当时还是很难得的开通的榜样。我对于国文的兴趣因此而提高了不少。徐先生讲国文之前,先要介绍作者,而且介绍得很亲切,例如他讲张东荪的文字时,便说:"张东荪这个人,我倒和他一桌上吃过饭……"这样的话是相当的可以使学生们吃惊的,吃惊的是,我们的国文先生也许不是一个平凡的人吧,否则怎样会能够和张东荪一桌吃过饭！

徐先生于介绍作者之后,朗诵全文一遍。这一遍朗诵可很有意思。他打着江北的官腔,咬牙切齿的大声读一遍,不论是古文或白话,一字不苟的吟咏一番,好像是演员在背台词,他把文字里的蕴藏着的意义好像都给宣泄出来了。他念得有腔有调,有板有眼,有情感,有气势,有抑扬顿挫,我们听了之后,好像是已经理会到原文的意义的一半了。好文章掷地作金石声,那也许是过分夸张,但必须可以朗朗上口,那却是真的。

徐先生之最独到的地方是改作文。普通的批语"清通"、"尚可"、"气盛言宜",他是不用的。他最擅长的是用大墨杠子大勾大抹:一行一行的抹,整页整页的勾;洋洋千余言的文章,经他勾抹之后,所余无几了。我初次经此打击,很灰心,很觉得气短,我掏心挖肝的好容易诌出来的句子,轻轻的被他几杠子就给抹了。但是他郑重的给我解释一会儿,他说:"你拿了去细细的体味,你的原文是软爬爬的,冗长,懈啦光唧的,我给你勾掉了一大半,你再读读看,原来的意思并没有失,但是笔笔都立起来了,虎虎有生气了。"我仔细一揣摩,果然。他的大墨杠子打得是地方,把虚泡囊肿的地方全削去了,剩下的全是筋骨。在这删削之间见出他的功夫。如果我以后写文章还能不多说废话,还能有一点点硬朗挺拔之气,还知道一点"割爱"的道理,就不能不归功于我这位老师的教诲。

徐先生教我许多作文的技巧。他告诉我:"作文忌用过多的虚字。"该转的地方,硬转;该接的地方,硬接。文章便显着朴拙而有力。他告诉我,文章的起笔最难,要突兀矫健,要开门见山,要一针见血,才能引人入胜,不必兜圈子,不必说套语。他又告诉我,说理说至难解难分处,来一个譬喻,则一切纠缠不清的论难都迎刃而解了,何等经济,何等手腕!诸如此类的心得,他传授我不少,我至今受用。

我离开先生已将近五十年了,未曾与先生一通音讯,不知他云游何处,听说他已早归道山了。同学们偶尔还谈起"徐老虎",我于回忆他的音容之余,不禁的还怀着怅惘敬慕之意。

* 本篇选自一九六三年台湾文星书店出版的《秋室杂文》。

南游杂感

一

　　我由北京动身的那天正是清明节，天并没有落雨，只是阴云密布，呈出一种黯澹的神情，然而行人已经觉得欲断魂了。我在未走之先，恨不得插翅南翔，到江南调换调换空气；但是在火车蠕动的时候，我心里又忽自骁脆不安起来，觉得那座辉煌庞大的前门城楼似乎很令人惜别的样子。不知有多少人诅咒过北京城了，嫌他灰尘大。在灰尘中生活了二十几年的我，却在暂离北京的时候感到恋恋不舍的情意！我想跳下车来，还是吃了一个星期的灰尘罢，还是和同在灰尘中过活的伴侣们优游罢……但是火车风驰电掣的去了。这一来不打紧，路上行人可真断魂了！

断了一次魂以后,我向窗外一望,尽是些累累的土馒头似的荒冢;当然,我们这些条活尸,早晚也是馒头馅!我想我们将来每人头上顶着一个土馒头,天长日久,中国的田地怕要完全是一堆一堆的只许长草不许种粮的坟头了。经济问题倒还在其次,太不美观实在是令人看了难受。我们应该以后宣传,大家"曲辫子"以后不要在田里筑起土馒头。

和我同一间车房的四位旅客,个性都很发达。A 是一个小官僚,上了车就买了一份老《申报》、一份《顺天时报》。B、C、D,三位似乎都是什么一间门面的杂货店的伙计。B 大概有柜台先生的资格,因为车开以后他从一个手巾包里抽出一本《小仓山房尺牍》来看。C 有一种不大好的态度,他喜欢脱了鞋抱膝而坐。D 是宰予之流亚,车开不久他就张着嘴睡着了;睡醒以后,从裤带上摘下一个琵琶形的烟口袋,一根尺余长的旱烟杆。这三位都不知道地板上是不该吐痰的,同时又是不"强不知以为知"的,于是开始大吐其痰。我从他们的吐痰发现了一个中国人特备的国粹,"调和性"。一口痰公然落到地板上以后,痰的主人似乎直觉的感到一些不得劲儿,于是把鞋底子放在痰上擦了几下。鞋底擦痰的结果,便是地板上发现平匀的一块湿痕(痰是看不见了,反对地板上吐痰的人也无话可说了,此之谓调和)。

从北京到济南,我就在这样的环境里生活着,我并没有什么不满,因为我知道这叫做"民众化"!

二

过了济南酣眠了一夜。火车的单调的声音,使人不能不睡。

我想诗的音节的功效也是一样的;例如 Spenserian stanza,前八行是一样的长短节奏,足以使人入神,若再这样单调下去,读者就要睡了,于是第九行便改了节奏,增加一个音。火车是永远的单调,并且是不合音乐的单调。但是未来派的音乐家却是极端赞美一切机轮轧轧的声音呢。

一睡醒来,大概是安徽界罢,但见一片绿色,耀入眼帘,比起山东界内的一片荒漠,寸草不生的情形,真是大不相同了。我前年过此地的时候,正是闹水灾,现在水干了,全是良田,北方农人真是寒苦,不要说他们的收获不及南方的农家的丰富,即是荒凉的园境也就够难受的了。但是宁至沪一带,又比江北好多了,尽是一片一片的油菜花,阳光照上去,像黄琉璃瓦似的,水牛也在稻田里面工作着,水清山秀,有说不出的一股和邑的神情。似泰山一带的山陵,雄险峻厄,在江南是看不到的了。"仁者乐山,智者乐水";我想近水的人真是智,不说别的,单说在上海由四马路至马霍路黄包车夫就敲我两角钱!

三

我在上海会到的朋友,有郁达夫、郭沫若、成仿吾。除了达夫以外,都是没会过面的文字交,其实看过《女神》、《三叶集》的人不能说是不认识沫若了。沫若和仿吾住在一处,我和达夫到他们家的时候,他们正在吃饭。饭后我们便纵谈一切,最初谈的是国内翻译界的情形。仿吾正在做一篇论文,校正张东荪译的《物质与记忆》。我从没有想到张东荪的译本会居然有令人惊诧的大错!

谈起国内翻译界的情形，真令人悲观了。沫若说："某君把Thou art，译做'你这艺术家'。"据我所知道的，《小说月报》第二号上，郑振铎把一个法国诗人误作一个英国批评家，沈雁冰把法文的"新"字译做"小说"，然而郑先生还正在大论其古典主义，沈先生还正在大介绍其欧美杂志！《小说月报》在我们中国新文学界总算数一数二的出版物，情形如此，别的还说什么！

上海受西方化的程度，在国内要首屈一指了。就我的观察所及，洋服可以说是遍处皆是，并且穿得都很修洁可观。真糟，什么阿猫阿狗都穿起洋装来了！我希望我们中国也产出几个甘地，实行提倡国粹，别令侵入的文化把我们固有的民族性打得片甲不留。我在上海大概可以算是乡下人了，只看我在跨渡马路时左右张望的神气就可以证实，我很心危，在上海充乡下人还不要紧，在纽约芝加哥被目为老憨，岂不失了国家的体面？不过我终于是甘心做一个上海的乡下人、纽约的老憨。

除了洋装以外，在上海最普遍的是几句半通的英语。我很怀疑，我们的国语是否真那样的不敷用，非常常引用英语不可。在清华的时候，我觉得我们时常中英合璧的说话，是不大好的；哪里晓得，清华学生在北京固是洋气很足，到了上海和上海学生比比，那一股洋气冲天的神情，简直不是我们所能望其项背的了。

四

嘉善是沪杭间的一个小城。我到站后就乘小轿进城，因为轿子是我的舅父雇好了的。我坐在轿子上倒也觉得新奇有趣。轿夫哼哈相应，汗流浃背，我当然觉得这是很不公道的举动，为什么我坐在轿子上享福呢？但是我偶然左右一望，看着黄色的油菜花，早把轿夫忘了。达夫曾说："我们只能做 bourgeoisie 的文学，'人力车夫式'的血泪文学是做不来的。"我正有同感。

嘉善最令我不能忘的两件事：便桶溺缸狼藉满街，刷马桶、淘米、洗菜在同一条小河里举行。这倒真是丝毫未受西方化的特征。二条街道，虽然窄小简陋，但是我走到街上心里却很泰然自若，因为我知道身后没有汽车、电车等等杀人的利器追逐我。小小的商店，疏疏的住房，虽然是很像中古世纪的遗型，在现代未免是太无进步，然而我的确看出，住在这里的人，精神上很舒服，"乐在其中矣"。

这里有一个医院，一个小学校，一个电灯厂，还有一营的军队。鸦片烟几乎是家常便饭，吸者不知凡几。生活程度很低，十几间房子租起来不过五块钱。我想，大城市生活真是非人的生活，除了用尽心力去应付经济压迫以外，我们就没有功夫做别的事了。并且在大城市里，物质供给太便利，精神上感到不安宁的苦痛。所以我在嘉善虽是只住了一天，虽然感受了一天物质供给不便利的情形，但是我在精神上比在上海时满意多了。

五

我到南京，会到胡梦华和一位玫瑰社的张女士，前者是我的文字交，后者是同学某君介绍的，他们都是在东南大学。我到南京的时候是下午，那天天气还好，略微有些云雾的样子。梦华领我出了寄宿舍，和一个洋车夫说："鸡鸣寺！怎么？你去不去？"车夫迟疑了一下，笑着说："去！"我心里兀自奇怪，我想车夫为什么笑呢？原来鸡鸣寺近在咫尺，我们坐上车两三分钟就到了，这不怪车夫要笑我们，我们下了车自己也忍不住笑起来。梦华说："我恐怕你太疲倦了……"

鸡鸣寺里面有一间豁蒙楼，设着茶座，我们沿着窗边坐下了。这里有许多东大的学生一面品茶，一面看书，似乎是非常的潇洒快意。据说这个地方是东大学生俱乐的所在了。推窗北眺，只见后湖的一片晶波闪烁，草木葱茂。台城古迹，就在寺东。

北极阁在寺西，雨渍尘封，斑剥不堪了，登阁远瞩，全城在望。

南京的名胜真多，可惜我的时间太短促了。第二天上午我们游秦淮河，下午我便北返了。秦淮河的大名真可说是如雷贯耳，至少看过《儒林外史》的人应该知道。我想象中的秦淮河实在要比事实的远要好几倍，不过到了秦淮河以后，却也心满意足了。秦淮河也不过是和西直门高梁桥的河水差不多，但是神气不同。秦淮河里船也不过是和万牲园松风水月处的船差不多，但是风味大异。我不禁想起从前鼓乐喧天灯火达旦的景象，多少的王孙公子在这里沉沦迷荡！其实这里风景并不见佳，不过在城里能有这样一条河，月下荡舟却是乐事。我在北京只在马路上吃灰尘，突然到河里荡漾起来，自然觉得格外有趣。

东南大学确是有声有色的学校，当然他的设备是远不及清华，他的图书馆还不及我们的旧礼堂；但是这里的学生没有上海学生的浮华气，没有北京学生的官僚气，很似清华学生之活泼朴质。清华同学在这里充教职的共十九人，所以前些天我们前校长周寄梅到这里演说，郭校长说出这样的一句介绍词："周先生是我们东南大学的太老师……"实在，东大和清华真是可以立在兄弟行的。这里的教授很能得学生的敬仰,这是胜过清华的地方。我会到的教授,只是清华老同学吴宓。我到吴先生班上旁听了一小时,他在讲法国文学,滔滔不绝,娓娓动听,如走珠,如数家珍。我想一个学校若不罗致几个人才做教授,结果必是一个大失败,我觉得清华应该特别注意此点。梦华告诉我,他们正在要求学校把张鑫海也请去,但因经济关系不知能成功否。

下午梦华送我渡江,我便一直的北上了。我很感谢梦华和张女士,蒙他们殷勤的招待,并且令梦华睡了一夜的地板。

六

我南下的时候,心里多少还有几分高兴,归途可就真无聊了。南游虽未尽兴,到了现在总算到了期限不能不北返了。在这百无聊赖的火车生活里怎样消遣呢?打开书本,一个字也看不进去,躺在床上,睡也睡不着。可怕的寂寥啊!没有法子,我只好去光顾饭车了。

一天一夜的火车真是可怕,我想利用这些时间去沉思罢,但是辘辘的车声吵得令人焦急。在这无聊的时候,我也只好做无聊的事了。我把衣袋里的小本子拿出来,用笔写着:"我是北京清华学校的学生某某,家住北京……胡同, 电话……号,In case of accident, please notify my family!"事后看起来,颇可笑。车到了泊头,我便朗吟着:

列车斗的寂然,

到哪一站了?

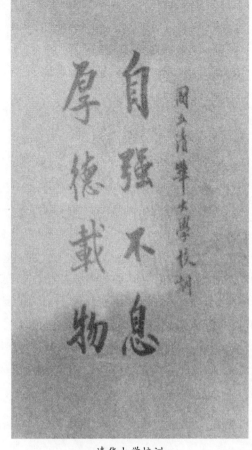

清华大学校训

我起来看看。

路灯上写着"泊头"，

我知道到的是泊头。

无聊的诗在无聊的时候吟，更是无聊之极了。唉，不要再吟了，又要想起那"账簿式"的诗集了！

我在德州买了一筐梨（不是"八毛钱一筐"）。但是带到北京，一半烂了。

我很想在车上做几首诗，在诗尾注上"作于津浦道上"，但是我只好让人独步，我实在办不了。同车房里有一位镇江的妇人，随身带了十几瓶醋，那股气味真不得了，恐怕做出诗也要带点秀才气味呢。

在夜里十点半，我平安的到了北京，行李衣服四肢头颅完好如初，毫无损坏。

＊　本篇原载于一九二三年五月四日《清华周刊》第二八〇期，署名梁治华。

记梁任公先生的一次演讲

梁任公先生晚年不谈政治，专心学术。大约在一九二一年左右，清华学校请他作第一次的演讲，题目是《中国韵文里表现的情感》，我很幸运地有机会听到这一篇动人的演讲。那时候的青年学子，对梁任公先生怀着无限的景仰，倒不是因为他是戊戌政变的主角，也不是因为他是云南起义的策划者，实在是因为他的学术文章对于青年确有启迪领导的作用。过去也有不少显宦，以及叱咤风云的人物，莅校讲话，但是他们没有能留下深刻的印象。

任公先生的这一篇讲演稿，后来收在《饮冰室文集》里。他的讲演是预先写好的，整整齐齐地写在宽大的宣纸制的稿纸上面，他的书法很是秀丽，用浓墨写在宣纸上,十分美观。但是读他这篇文章和听他这篇讲演,那趣味相差很多,犹之乎读剧本与看戏之迥乎不同。

我记得清清楚楚,在一个风和日丽的下午,高等科楼上大教堂里坐满了听众,随后走进了一位短小精悍秃头顶宽下巴的人物,穿着肥大的长袍,步履稳健,风神潇洒,左右顾盼,光芒四射,这就是梁任公先生。

他走上讲台,打开他的讲稿,眼光向下面一扫,然后是他的极简短的开场白,一共只有两句,头一句是:"启超没有什么学问——"眼睛向上一翻,轻轻点一下头:"可是也有一点喽!"这样谦逊同时又这样自负的话是很难得听到的。他的广东官话是很够标准的,距离国语甚远,但是他的声音沉着而有力,有时又是宏亮而激亢,所以我们还是能听懂他的每一字,我们甚至想如果他说标准国语其效果可能反要差一些。

我记得他开头讲一首古诗,《箜篌引》:

> 公无渡河,
>
> 公竟渡河!
>
> 渡河而死,
>
> 其奈公何!

这四句十六字,经他一朗诵,再经他一解释,活画出一出悲剧,其中有起承转合,有情节,有背景,有人物,有情感。我在听先生这篇讲演后约二十余年,偶然获得机缘在茅津渡候船渡河。但见黄沙弥漫,黄流滚滚,景象苍茫,不禁哀从衷来,顿时忆起先生讲的这首古诗。

先生博闻强记，在笔写的讲稿之外，随时引证许多作品，大部分他都能背诵得出。有时候，他背诵到酣畅处，忽然记不起下文，他便用手指敲打他的秃头，敲几下之后，记忆力便又畅通，成本大套地背诵下去了。他敲头的时候，我们屏息以待，他记起来的时候，我们也跟着他欢喜。

先生的讲演，到紧张处，便成为表演。他真是手之舞足之蹈，有时掩面，有时顿足，有时狂笑，有时叹息。听他讲到他最喜爱的《桃花扇》，讲到"高皇帝，在九天，也不管……"那一段，他悲从衷来，竟痛哭流涕而不能自已。他掏出手巾拭泪，听讲的人不知有几多也泪下沾巾了！又听他讲杜氏讲到"剑外忽传收蓟北，初闻涕泪满衣裳……"，先生又真是于涕泗交流之中张口大笑了。

这一篇讲演分三次讲完，每次讲过，先生大汗淋漓，状极愉快，听过这讲演的人，除了当时所受的感动之外，不少人从此对于中国文学发生了强烈的爱好。先生尝自谓"笔锋常带情感"，其实先生在言谈讲演之中所带的情感不知要更强烈多少倍！

有学问，有文采，有热心肠的学者，求之当世能有几人？于是我想起了从前的一段经历，笔而记之。

＊　本篇选自一九六三年台湾文星书店出版的《秋室杂文》。

谈闻一多（节选）

一

闻一多生于一八九九年十月二十二日，死于一九四六年七月十五日，不足四十八岁。早年写新诗比较著有成绩的，一个是徐志摩，一个是闻一多，不幸两个人都早逝，徐志摩死时年三十六岁。两个人都是惨死，徐志摩堕机而亡，闻一多被人枪击殒命。在台湾，知道徐志摩的人比较多，他的文字也有被选入教科书的，他虽然没有正式的全集行世，但坊间也翻印了若干散集，也有人写他的风流韵事；闻一多有全集行世，朱自清、吴晗、郭沫若、叶圣陶编，上海开明书店印行，但是在台湾是几乎无法看到的。因此，年轻一些的人对于死去不过刚二十年的闻一多往往一无所知。在美国，研究近代文学的人士对于闻一多却是相当注意的,以我所知,以闻一多为研究对象的硕士论文即有好儿起。但是好像还没有人写闻一多的生平事迹。

闻一多短短的一生,除了一死轰动中外,大抵是平静安定的,他过的是诗人与学者的生活,但是对日抗战的爆发对于他是一个转捩点,他到了昆明之后似乎是变了一个人,于诗人学者之外又成了一位"斗士"。抗战军兴之后,一多一直在昆明,我一直在四川,不但未能有一次的晤面,即往返书信也只有一次,那是他写信给我要我为他的弟弟家驷谋一教法文的职位。所以,闻一多如何成为"斗士",如何斗,和谁斗,斗到何种程度,斗出什么名堂,我一概不知。我所知道的闻一多是抗战前的闻一多,亦即是诗人学者之闻一多。我现在所要谈的亦以此为限。"闻一多在昆明"那精彩的一段,应该由更有资格的人来写。

二

闻一多是湖北浠水人,他的老家在浠水的下巴河镇陈家大岭。他的家庭是一个典型的乡绅人家,大家庭人口众多,子弟们都受的是旧式的教育。一多的初步的国文根底是在幼时就已经打下了的。

闻一多原名是一个"多"字,"一多"是他的号。他考入清华是在一九一二年,一般的记载是一九一三年,那是错误的。他的同班朋友罗隆基曾开玩笑的自诩说:"九年清华,三赶校长。"清华是八年制,因闹风潮最后留了一年。一多说:"那算什么?我在清华前后各留一年,一共十年。"一多在清华头一年功课不及格,留级一次，所以他编入了一九二一年级，最后因闹风潮再留一年，所以是十年。很少人有在清华住上十年的经验。他头一年留级，是因为他根本没有读过英文，否则以他的聪明和用功是不会留级的。

清华学校是一个奇特的学校，中等科四年，高等科四年，比正规的大学少一两年，其目的是准备派遣学生往美国游学。学校隶属于外交部，校长由外交部遴派。学生是由各省按照庚子赔款摊派数量的比例公开考选而来。那时候风气未开，大多数人视游学为畏途，不愿看着自己的子弟漂洋过海的去父母之邦，所以各省应考的人并不多，有几个偏僻省份往往无人应考，其缺额便由各该省的当局者做人情送给别省的亲友的子弟了。例如新疆每年可以考送一名，可是从来没有一个真正的新疆人应考，而每年清华皆有籍贯新疆的学生入学。闻一多的家乡相当闭塞，而其家庭居然指导他考入清华读书，不是一件寻常的事。例如直隶省，首都所在，每年有五个名额，应考者亦不过三四十人而已。我看过一本小册(史靖:《闻一多》)，有这样的记述，闻一多"随着许多达官贵人和豪门望族的子弟一道，走进了美帝国主义者用中国人民的血汗钱——庚子赔款堆砌起来的清华留美学校"。清华有多少"达官贵人和豪门望族的子弟"？至于说清华是用中国人民的血汗钱庚子赔款堆砌起来的，可以说是对的，不过有一事实不容否认，八国联军只有这么一个"帝国主义者"退还庚子赔款堆砌的这么一个学校，其余的"帝国主义者"包括俄国在内都把中国人民血汗钱囊括以去了，也不知他们拿去堆砌成什么东西了。

我进清华是在一九一五年，在班次上比闻一多晚两年，所以虽然同处在"水木清华"的校园里，起初彼此并无往来。他在课业上表现最突出的是图画。我记得在 Miss Starr 的图画教室墙上常有 T. Wen 署名的作品，有炭笔画，也有水彩画。我也喜欢涂两笔，但是看见他的作品之后自愧弗如远甚。在《清华周刊》里又不时的看到他的文学作品，他喜欢作诗，尤其是长篇的古诗排律之类，他最服膺的是以"硬语盘空"著称的韩退之。生硬堆砌的毛病，是照例不可免的，但是字里行间有一股沉郁顿挫的气致，他的想象丰富，功力深厚。

清华的学生来自全国各省，到暑假时学校不准学生住校，一小部分学生不愿长途跋涉返乡省亲的便在西山卧佛寺组织夏令营，大多数均各自束装回乡。一多是年年回家的。他家中的书房额曰："二月庐"。暑中读书札记分别用中英文抄写，题为《二月庐漫记》，有一年曾在《清华周刊》发表不少。他喜爱读书，于中国文学之外旁及于西洋文艺批评，而且笔下甚勤，随时作有笔记。他看过的书常常有密密麻麻的眉批。

我和一多开始熟识是在"五四"以后。五四运动发源在北京城内，但清华立即响应，且立刻成为积极参加的分子。清华学生环境特殊，在团体精神和组织能力方面比较容易有良好的表现。爱国运动是一回事，新文化运动（包括新文学的兴起）又为一回事，学生在学校里面闹风潮则又为一回事。这三件事差不多同时发生，形成一股庞大的潮流，没有一个有头脑有热情的青年学生能置身事外。一多在这潮流里当然也大露头角。但是他对于爱国运动，热心是有的，却不是公开的领袖。五四运动之际，清华的学生领袖最初是陈长桐，他有清楚的头脑和天然的领袖的魅力，继起的是和闻一多同班的罗隆基,他思想敏捷,辩才无碍,而且善于纵横捭阖。闻一多则埋头苦干,撰通电、写宣言、制标语,做的是文书的工作。他不善演说,因为他易于激动,在情绪紧张的时候满脸涨得通红,反倒说不出话。学校里闹三次赶校长的风潮,一多都是站在反抗当局的一面,但是他没有出面做领导人。一多的本性是好静的,他喜欢寝馈于诗歌艺术之中,根本不喜欢扰攘喧嚣的局面。但是情感爆发起来,正义感受了刺激,也会废寝忘食的去干,不过他不站出来做领导人,而且一旦发泄之后他会很快的又归于平静。我看见 Geoffrey Grigson 编的《*The concise Encyclopedia of Modern World Literature*》页四八一有关于闻一多的这样的一段:

In 1919 he was one of the leaders of the vast student movement which swept over China in protest against the Treaty of Versailles. On the walls of Tsinghua University in Peking, where he graduated, he wrote out the inflammatory words of a famous medieval general:

O let all things begin afresh! Give us back our mountains and our rivers……

From that moment he was a marked man, always hated by the government and admired (when he became a teacher)by his students.

大意是说"在一九一九年发生的抗议《凡尔赛条约》而弥漫

全国的庞大学生运动中，他是领袖之一。在北京清华大学墙上他写了岳飞的'待从头、收拾旧山河……'之句。从那时候起，他成了一个被人注意的人，一直被政府所嫉恨，以后教书又被学生所拥护"。这话似是而非。政府从来没有嫉恨过他。他心里是厌恶当时的那个政府，但是他既非学生运动领袖，亦没有公开的引人注意的言论与行动，谁会嫉恨他呢？至于在墙上写岳飞的《满江红》，则不是什么有特殊意义的事。

"五四"以后，一多最活跃的是在文学方面，尤其是新诗。在清华园里，他是大家公认的文艺方面的老大哥。一九二〇年，我的同班的几位朋友包括顾一樵、翟毅夫、齐学启、李涤静、吴锦铨和我共六个人，组织了一个"小说研究社"，占一间寝室作为会址，还连编带译的弄出了一本《短篇小说作法》。后来我们接受了闻一多的建议，扩充为"清华文学社"，增添了闻一多、时昭瀛、吴景超、谢文炳、朱湘、饶孟侃、孙大雨、杨世恩等人为会员。后来我们请周作人教授来讲过一次《日本的俳句》，也请过徐志摩来讲过一次《文学与人生》，那都是一多离校以后一年的事了。

一多对于新诗的爱好几近于狂热的地步。《女神》、《冬夜》、《草儿》、《湖畔》、《雪朝》……几乎没有一部不加以详细的研究批判。尤其是一九二一到一九二二年，也就是他最后留级的那一年，他不用上课，所有的时间都是可以自由支配的。一多独占高等科楼上单人房一间，满屋堆的是中西文学的书，喜欢文学的同学们每天络绎而来，每人有新的诗作都拿来给他看，他也毫不客气的批评。很多人都受到他的鼓励，我想受到鼓励最多的我应该算是一个。

在清华最后这一年是他最愉快的一年。他写的诗很多,大部分发表在《清华周刊》的《文艺增刊》上,后来集结为一册,题名《红烛》,上海泰东出版。对于新诗,他最佩服的是郭沫若的《女神》,他不能赞同的是胡适之先生以及俞平伯那一套诗的理论。据他看,白话诗必须先是"诗",至于白话不白话倒是次要的问题。他临离开清华的时候写过一篇长文《〈冬夜〉评论》,是专批评俞平伯的诗集《冬夜》的,但也是他对新诗的看法之明白的申述。这一篇文章的底稿交由吴景超抄写了一遍,径寄孙伏园主编的《晨报副刊》,不料投稿如石沉大海,不但未见披露,而且原稿亦屡经函索而不退回。幸亏留有底稿。我索性又写了一篇《〈草儿〉评论》,《草儿》是康白情的诗集,当时与《冬夜》同样的有名,二稿合刊为《〈冬夜〉、〈草儿〉评论》,由我私人出资,交琉璃厂公记印书局排印,列为"清华文学社丛书第一种",于一九二二年十一月一日出版。一多的这一篇《〈冬夜〉评论》可以说是他的学生时代的最有代表性的论文,现在抄几段于下,可见一斑:

　　胡适之先生自序再版《尝试集》,因为他的诗由词曲的音节进而为纯粹的"自由诗"的音节,很自鸣得意。其实这是很可笑的事。旧词曲的音节并不全是词曲自身的音节。音节之可能性寓于一种方言中,有一种方言,自有一种"天赋的"音节。声与音的本体是文字里内含的质素;这个质素发于诗歌的艺术,则为节奏、平仄、韵、双声、叠韵等表象。寻常的语言差不多没有表现这种潜伏的可能性的力量,厚载情感的语言才有这种力量。诗是被热烈的情感蒸发了水汽之凝结,所以能将这种潜伏的美十足的充分的表现出来。所谓"自然音乐"最多不过是散文的音节。散文的音节当然没有诗的音节那样完美。俞君能熔铸词曲的音节于其诗中，这是一件极合艺术原则的事，也是一件极自然的事……

……根据作者的"诗的进化的还原论"的原则，这种限于粗率的词调的词曲的音节，或如朱自清所云"易为我们领解采用"，所以就更近于平民的精神；因为这样，作者或许宁肯牺牲其繁密的思想而不予以自由的表现，以玉成其作品的平民的风格吧。只是，得了平民的风格，而失了诗的艺术，恐怕有些得不偿失哟……我总觉得作者若能摆脱词曲的记忆，跨在幻想的狂恣的翅膀上遨游，然后大胆引吭高歌，他一定能拈得更加开扩的艺术。

……《〈冬夜〉自序》里讲道："我只愿随随便便的，活活泼泼的，借当代的语言，去表现自我，在人类中间的我，为爱而活着的我。至于表现的……是诗不是诗，这都和我的本意无关，我以为如要顾念到这些问题，就可根本上无意于作诗，且亦无所谓诗了。"俞君把作诗看得这样容易，这样随便，难怪他作不出好的诗来……诗本来是个抬高的东西，俞君反拼命的把他往下拉，拉到打铁的抬轿的一般程度。我并不看轻打铁的抬轿的人格，但我确乎相信他们不是作好诗懂好诗的人。不独他们，便是科学家哲学家也同他们一样。诗是诗人作的，犹之乎铁是打铁的打的，轿是抬轿的抬的。

这一篇文字虽然是一多的少作，可能不代表他的全部的较成熟的思想，但是他早年的文学思想趋势在这里显露无遗。他不佩服胡适之先生的诗及其见解，对于俞平伯及其他一批人所鼓吹的"平民风格"尤其不以为然。他注重的是诗的艺术、诗的想象、诗的情感，而不是诗与平民大众的关系。他最欣赏的是济慈的《夜莺歌》和科律己的《忽必烈汗》。所以他推崇《女神》中《密桑索罗普之夜歌》的：

> 啊，我与其学做个泪珠的鲛人，
> 返向那沉黑的海底流泪偷生，
> 宁在这缥缈的银辉之中，
> 就好像那个堕落了的星辰，
> 曳着带幻灭的美光，
> 向着"无穷"长殒！

而他不能忍耐《冬夜》的琐碎凡庸。他说："不幸的诗神啊！他们争道替你解放，'把从前一切束缚你的自由的枷锁镣铐打破'，谁知在打破枷锁镣铐时他们竟连你的灵魂也一齐打破了呢！"

在悠闲的生活中忽然面临一项重大问题：婚姻问题。清华没有不许学生结婚的明文规定，但是事实上正规入学的学生只有十四岁，八年住校，毕业游美，结婚是不可能的事。学校也不鼓励学生结婚。同时男女同校之风未开，清华学生能有机会结交异性朋友的乃例外之例外。清华是一个纯粹的男性社团。一多的家庭是旧式的，典型的农村中的大家庭，所以父母之命不可违，接到家书要他寒假期间返家完婚，如晴天霹雳一般打在他的头上。他终于不能不向传统的势力低头。一九二二年二月他在家乡和他的姨妹高孝贞女士结婚了。这位姨妹排行第十一,一多简称她为"一妹"。高女士也是旧式大家庭出身,虽所受教育不多,但粗识文字,一直生活在家乡的那个小环境里。婚后一个多月,一多立即返回清华园里过他的诗人的生活。一多对他的婚姻不愿多谈,但是朋友们都知道那是怎样的一般经验。旧式的男女关系是先结婚后恋爱,新式的是先恋爱后结婚。一多处于新时代发轫之初,他的命运使他享受旧时代的待遇。而且旧时代的待遇他也没能全盘接受,结婚后匆匆返回校内,过了半年又匆匆出国,结婚后的恋爱好像也一时无法进行。一多作诗的时候拼命的作诗,治学的时候拼命的治学,时间根本不够用,好像没有余暇再管其他的事,包括恋爱的生活在内。他有一位已婚的朋友移情别恋,家庭时起勃谿,他就劝说他道:"你何必如此呢?你爱她,你是爱她的美貌,你为什么不把她当作一幅画像一座雕像那样去看待她呢?"可见他自己是全神贯注在艺术里,把人生也当作艺术去处理。我没有理由说他的婚姻是失败的,因为什么才是失败什么才是成功,其间的分际是很不易说的。你说卢梭的婚姻是失败还是成功,别人的看法和当事人自己的看法出入颇大。请看一多写给他的夫人的一封信:

　　亲爱的妻:这时他们都出去了,我一人在屋里,静极了,静极了,我在想你,我亲爱的妻,我不晓得我是这样无用的人,你一去了,我就如同落了魂一样。我什么也不能做。前回我骂一个学生为恋爱问题读书不努力,今天才知道我自己也一样。这几天忧国忧家，然而心里最不快的，是你不在我身边。亲爱的，我不怕死，只要我俩死在一起。我亲爱的妹妹，你在哪里?从此我不再放你离开我一天，我的心肝!你一哥在想你，想得要死!

亲爱的，午睡醒来，我又在想你。时局确乎要平靖下来，我现在一心一意盼望你回来，我的心这时安静了好多。

一九三七年七月十六日

显然的这不像是一位诗人写的信，这是一个平凡的男子写给他的平凡的妻子的信，很平庸但也很真挚。理想的婚姻是少有的，文人而有理想的婚姻在中外古今的历史上都不多见，偶然一见便要被称为佳话。但是圆满成功的婚姻则比比皆是。我们看了上面的这一封信，可以憬然于一多的婚姻的真相。

一多在离开清华之前，特为我画了一幅《荷花池畔》，画的是工字厅后面的荷花池，那是清华园里唯一的风景区，它是清华园里的诗人们平素徘徊啸傲之所在，是用水彩画的，画出一片萧瑟的景色。前此他又为我画了一幅《梦笔生花图》，是一幅图案画的性质，一根毛笔生出无数缤纷的花朵，颇见奇思。一九二二年七月十六日一多放洋赴美。

三

一多是在无可奈何的情形之下到美国去的，他不是不喜欢美国，他是更喜欢中国。看他在出国前夕写给我的一封信，便可窥见这个行将远适异国的学子怀有什么样的情绪:

1925年，清华大学棒球队获华北棒球锦标赛优胜队

清华大学学生管弦乐队

归家以后，埋首故籍，"著述热"又大作，以致屡想修书问讯辄为搁笔。侵晨盆莲初放，因折数枝供之案头，复课侄辈诵周茂叔《爱莲说》，便不由得不联想及于三千里外之故人。此时纵犹惮烦不肯作一纸寒暄语以慰远怀，独不欲借此以钓来一二首久久渴念之荷花池畔之新作乎？（如蒙惠书请寄沪北四川路青年会。）

《李白之死》竟续不成，江郎已叹才尽矣！归来已缮毕《红烛》，赓续《风叶丛谭》（现更名《松麈谈玄阁笔记》。放翁诗曰："折取青松当麈尾，为子试谈天地初"），校订增广《律诗的研究》，作《义山诗目提要》，又研究放翁，得笔记少许。暇则课弟妹细君及诸侄以诗，将以"诗化"吾家庭也。附奉拙作《红荷之魂》一首，此归家后第一试也。我近主张新诗中用旧典，于此作中可见一斑。尊意以为然乎哉？放翁有一绝云："六十余年妄学诗，功夫深处独心知。夜来一笑寒灯下，始是金丹换骨时！"骨不换固不足言诗也。老杜之称青莲曰："自是君身有仙骨，世人哪得知其故？"吾见世人无诗骨而妄学诗者众矣。南辕北辙必其无通日，哀哉！

这一封信是六月二十二日写的，他满脑子的是诗，新诗，中国的旧诗，并且"主张新诗中用旧典"。他行前和我商量过好几次，他想放弃游美的机会，我劝他乘风破浪一扩眼界，他终于成行了。在海上，他又来了一封信，初出国门所遇到的便是扫兴失望：

我在这海上漂浮的六国饭店里笼着，但是我的精神乃在莫大的压力之下。我初以为渡海的生涯定是很沉寂幽雅寥廓的；我在未上船以前时常想在汉口某客栈看见的一幅八仙漂海的画，又时时想着郭沫若君的这节诗：

无边的天海呀！

一个水银的浮沤！

上有星汉湛波，

下有融晶泛流，

正是有生之伦睡眠时候。

我独披着件白孔雀的羽衣，

遥遥的，遥遥的，

在一只象牙舟上翘首。

但是既上船后，大失所望。城市生活不但是陆地的，水上也有城市生活……这里竟连一个能与谈话的人都找不着，他们不但不能同你讲话，并且闹得你起坐不宁。走到这里是"麻雀"，走到那里又是"五百"，散步他拦着你的道路，静坐他扰乱你的思想。我的诗兴被他们戕害到几乎等于零；到了日本海峡及神户之布引泷等胜地，我竟没有半句诗的赞叹讴歌。不是到了胜地一定得作诗，但是胜地若不能引起诗兴，商店工厂还能么？……

到了美国之后，他进了芝加哥的美术学院。芝加哥是一个大都市，其难于邀得诗人的青睐是可以预料的。那地方人多，拥挤、嘈杂、冷酷,工厂的烟囱多,于是灰尘也多,一言以蔽之是脏而乱。我不知道他为什么选中这个地方来上学,也许是因为那个学校相当的有名。这学校是九月二十五日开课,他在二十日夜写信说:"不出国不知道思家的滋味,想你……当不致误会以为我想的是狭义的'家',不是!我所想的是中国的山川,中国的草木,中国的鸟兽,中国的屋宇——中国的人。"本来一个中国人忽然到了外国,举目一望尽是一些黄发绿眼主人,寂寞凄凉之感是难免的,人非木石,孰能遣此?但是一多的思乡病是异于寻常的,他是以纯粹中国诗人的气质而一旦投身于物质文明极发达的蛮荒。所以他说:"我看诗的时候可以认定上帝——全人类之父,无论我到何处,总与我同在。但我坐在饭馆里,坐在电车里,走在大街上的时候,新的形色,新的声音,新的臭味,总在刺激我的感觉,使之仓皇无措,突兀不安。"十月二十七日他来信说,在病中作《忆菊》一首,这一首可以说是他的最有代表性的作品:

插在长颈的虾青瓷的瓶里,

六方的水晶瓶里的菊花,

攒在紫藤仙姑篮里的菊花;

守着酒壶的菊花,

陪着螯盖的菊花;

未放,将放,半放,猛放的菊花;

镶着金边的绛色的鸡爪菊;

粉红色的碎瓣的绣球菊;

懒慵慵的江月腊哟!

倒挂着一饼蜂窠似的黄心，
仿佛是朵紫的向日葵呢。

长瓣抱心，密瓣平顶的菊花；
可爱的尖瓣攒蕊的白菊，
如同美人的蜷着的手爪，
拳心里攫着一撮小黄米。

檐前，阶下，篱畔，圃心的菊花，
霭霭的淡烟笼着的菊花，
丝丝的疏雨洗着的菊花，
金的黄，玉的白，春酿的绿，秋山的紫……

剪秋萝似的小红菊花儿，
从鹅绒到古铜色的黄菊；
带紫茎的微绿的"真菊"
是些小小的玉管儿缀成的，
为的是好让小花神儿
夜里偷去当了笙儿吹着。

大似牡丹的菊王到底豪奢些，
他的枣红色的瓣儿，铠甲似的，
张张都装上银白的里子了；
星星似的小菊花蕾儿，

还拥着褐色的萼被睡着觉呢。

啊！自然美的总收成啊！

我的祖国的秋之杰作啊！

东方的花，骚人逸士的花呀！

那东方的诗魂陶元亮

不是你的灵魂的化身吗？

都登高作赋的重九

不又是你诞生的吉辰吗？

你不像这里的热欲的蔷薇，

那微贱的紫萝兰更比不上你。

你是有历史，有风范的花。

四千年华胄的名花呀！

你有高超的历史，你有逸雅的风俗！

啊！诗人的花呀！我想起你，

我的心也开成顷刻之花，

灿烂的如同你一样，

我想起你同我的家乡，

我们的庄严灿烂的祖国，

我的希望之花又开得同你一样！

习习的秋风，吹着！吹着！

我要赞美我祖国的花!

我要赞美我如花的祖国!

请将我的字吹成一簇鲜花,

金的黄,玉的白,春酿的绿,秋山的紫……

然后又统统吹散,吹得落英缤纷,

弥漫了高天,铺满了大地。

秋风啊! 习习的秋风啊!

我要赞美我祖国的花!

我要赞美我如花的祖国!

在这首诗里他显然是借了菊花而表达他的炽烈的对祖国的爱。
他对于美国的一方面有些厌恶,也是事实,例如他的一首《孤雁》
就有这样的一段:

啊! 那里是苍鹰的领土——

那鸷悍的霸王啊!

它的锐利的指爪,

已撕破了自然的面目。

建筑起财力的窠巢。

那里只有钢筋铁骨的机械,

喝醉了弱者的鲜血,

吐出些罪恶的黑烟,

涂污我太空,闭熄了日月。

教你飞来不知方向，

息去又没地藏身啊！

　　一多是学画的，在美术学院起初也很努力。学画要从素描
起，这是画的基本功。他后来带了两大卷炭画素描给我看，都是
大幅的人体写生，石膏像做模特儿的。在线条上，在浓淡阴影上，
我觉得表现都很不错，至少我觉得有活力。可是一多对于这基本
的训练逐渐不耐烦，画了一年下来还是石膏素描，他不能忍了。
一个重要的原因是他对文学的兴趣太浓。他不断的写信给我，告
诉我他如何如何的参加了芝加哥 The Arts Club 的餐会，见到了
女诗人 Amy Lowell，后来又如何的晤见了 Carl Sandburg。他对
于当时美国所谓"意象派"的新诗运动发生兴趣，特别喜爱的是
擅细腻描写的 Fletcher。他说"他是设色的神手，他的诗充满浓丽
的东方色彩"。

　　他在一九二三年二月十五日写信说：

　　　　我想再在美住一年就回家。我日渐觉得我不应该做一
　　个西方的画家，无论我有多少的天才！我现在学西方的绘画
　　是为将来做一个美术批评家。我若有所创作，定不在纯粹的
　　西画里。

事实上他在一九二二年十一月二十八日给他父母亲的家书里早
已吐露了他的心事：

后年年底(一九二四年)我当能归国。日前闻一教员云：在此校肄业两年，根底功夫已足矣，此后自己作功夫可也。故我若欲早归，后年秋天亦可归来。但特来美一次，住个两年半，亦不算久，我当有此忍耐性以支持到底也。想家中得知我留美期限又由三年减至二年半，亦足惊喜矣。然而局外人或因别人求学四五或六年而我两年半即归，遂责我向学之心不切。噫！此岂可为俗人道哉！我未曾专门攻文学，而吾之文学成绩殊不多后人也。今在此学美术，吾之把握亦同然。吾敢信我真有美术之天才，学与不学无大关系也，且学岂必在课堂乎?且美利坚非我能久留之地也。一个有思想之中国青年留居美国之滋味，非笔墨所能形容。俟后年年底我归家度岁时当与家人围炉絮谈，痛哭流涕，以泄余之积愤。

四

一九二三年九月三日我到了美国科罗拉多温泉(简称珂泉)，这里有一个大学，规模很小，只有几百个学生，但是属于哈佛大学所承认的西部七个小大学之一。最引人入胜的是此地的风景。地当落矶山脉派克斯峰之麓，气候凉爽，景物宜人。我找好了住处之后立刻寄了一封信给一多，内附十二张珂泉风景片，我在上面写了一句话："你看看这个地方，比芝加哥如何?"我的原意只是想逗逗他，因为我知道他在芝加哥极不痛快，我拿珂泉的风景炫耀一下。万万想不到，他接到我的信后，也不复信，也不和任何人商量，一声不响的提着一个小皮箱子，悄悄的乘火车到珂泉来了!他就是这样冲动的一个人。

一多到珂泉不是为游历,他实在耐不了芝加哥的孤寂。他落落寡和,除了同学钱宗堡(后来早死)以外他很少有谈得来的人。他到珂泉我当然欢迎,我们同住在 Wabash St. 一个报馆排字工人米契尔先生家里,我住一大间,他住一小间,连房带饭每人每月五十五元(我们那时的公费是每月八十元)。住妥之后,我们一同到学校去注册,我是事先接洽好了的进入英语系四年级,一多临时请求只能入艺术系为特别生。其实他是可以做正式生的,只消他肯补修数学方面的两门课程。一多和我在清华时数学方面的课程成绩很差,勉强及格,学校一定要我们补修。我就补修了两门,三角及立体几何。一多不肯。他觉得性情不近数学,何必勉强学它,凡事肯以兴之所至为指归。我劝他向学术纪律低头,他执意不肯,故他始终没有获得正式大学毕业的资格。但是他在珂泉一年,无论在艺术或文学方面获益之多,远超过他在芝加哥或以后在纽约一年之所得,对于英诗,尤其近代诗,他获得了系统的概念及入门的知识,因为他除了上艺术系的课之外还分出一半时间和我一同选修"丁尼孙与伯朗宁"及"现代英美诗"两门课。教这两门课的是一位 Daeler 副教授,这位先生无籍籍名,亦非能说善道之辈,但是他懂得诗,他喜爱诗,我们从他学到不少有关诗的基本常识。我们一同上课,一同准备,一同研讨。这对于一多在求学上是一大转捩点,因为从此他对于文学的兴趣愈益加浓,对于图画则益发冷淡了。

---

* 本篇选自一九六七年台北传记文学出版社出版的《谈闻一多》。

忆周作人先生

周作人先生住北平西城八道湾,看这个地名就可以知道那是怎样的一个弯弯曲曲的小胡同。但是在这个陋巷里却住着一位高雅的与世无争的读书人。

我在清华读书的时候,代表清华文学社去见他,邀他到清华演讲。那个时代,一个年轻学生可以不经介绍径自拜访一位学者,并且邀他演讲,而且毫无报酬,好像不算是失礼的事。如今手续似乎更简便了,往往是一通电话便可以邀请一位素未谋面的人去讲演什么的。我当年就是这样冒冒失失的慕名拜访。转弯抹角的找到了周先生的寓所,是一所坐北朝南的两进的平房,正值雨后,前院积了一大汪子水。我被引进去,沿着南房檐下的石阶走进南屋。地上铺着凉席。屋里已有两人在谈话，一位是留了一撮小胡子的鲁迅先生，另一位年轻人是写小诗的何植三先生。鲁迅先生和我招呼之后就说："你是找我弟弟的，请里院坐吧。"

里院正房三间，两间是藏书用的，大概有十个八个木书架，都摆满了书，有竖立的西书，有平放的中文书，光线相当暗。左手一间是书房，很爽亮，有一张大书桌，桌上文房四宝陈列整齐，竟不像是一个人勤于写作的所在。靠墙一几两椅，算是待客的地方。上面原来挂着一个小小的横匾，"苦雨斋"三个字是沈尹默写的。斋名苦雨，显然和前院的积水有关，也许还有屋瓦漏水的情事，总之是十分恼人的事，可见主人的一种无奈的心情。（后来他改斋名为"苦茶庵"了。）俄而主人移步入，但见他一袭长衫，意态翛然，背微佝，目下视，面色灰白，短短的髭须满面，语声低沉到令人难以辨听的程度。一仆人送来两盏茶，日本式的小盖碗，七分满的淡淡的清茶。我道明来意，他用最简单的一句话接受了我们的邀请。于是我不必等端茶送客就告辞而退，他送我一直到大门口。

从北平城里到清华，路相当远，人力车要一个多小时，但是他准时来了。高等科礼堂有两三百人听他演讲，讲题是《日本的小诗》。他特别提出所谓俳句，那是日本的一种诗体，以十七个字为一首，一首分为三段，首五字，次七字，再五字，这是正格，也有不守十七字之限者。这种短诗比我们的五言绝句还要短。由于周先生语声过低，乡音太重，听众不易了解，讲演不算成功。幸而他有讲稿，随即发表。他所举的例句都非常有趣，我至今还记得的是一首松尾芭蕉的作品，好像是"听呀，青蛙跃入古潭的声音"这样的一句,细味之颇有禅意。此种短诗对于试写新诗的人颇有影响,就和泰戈尔的散文诗一样,容易成为模拟的对象。

民国二十三年我到了北京大学,和周先生有同事三年之雅。在此期间我们来往不多,一来彼此都忙,我住东城他住西城,相隔甚远,不过我也在苦雨斋做过好几次的座上客。我很敬重他,也很爱他的淡雅的风度。我当时主编一个周刊《自由评论》,他给过我几篇文稿,我很感谢他。他曾托我介绍,把他的一些存书卖给学校图书馆。我照办了。他也曾要我照拂他的儿子周丰一(在北大外文系日文组四年级),我当然也义不容辞。我在这里发表他的几封短札,文字简练,自有其独特的风格。

周先生晚节不终,宦事敌伪,以至于身系缧绁,名声扫地,是一件极为可惜的事。不过他所以出此下策,也有其远因近因可察。他有一封信给我,是在抗战前夕写的:

实秋先生:

　　手书敬悉。近来大有闲,却也不知怎的又甚忙,所以至今未能写出文章,甚歉。看看这"非常时"的四周空气,深感到无话可说,因为这(我的话或文章)是如此的不合宜的。日前曾想写一篇关于《求己录》的小文,但假如写出来了,恐怕看了赞成的只有一个——《求己录》的著者陶葆廉吧?等写出来可以用的文章时,即当送奉,匆匆不尽。

　　　　　　　　　　　　作人启　七日夜

关于《求己录》的文章虽然他没有写,我们却可想见他对《求己录》的推崇。按,《求己录》一册一函,光绪二十六年杭州求是书院刊本,署芦泾遁士著,乃秀水陶葆廉之别号。陶葆廉是两广总督陶模(子方)之子,久佐父幕,与陈三立、谭嗣同、沈雁潭合称四公子。作人先生引陶葆廉为知已,同属于不合时宜之列。他也曾写信给我提到"和日和共的狂妄主张"。是他对于抗日战争早就有了他自己的一套看法。他平夙对于时局,和他哥哥鲁迅一样,一向抱有不满的态度。

作人先生有一位日籍妻子。我到苦茶庵去过几次,没有拜见过她,只是隔着窗子看见过一位披着和服的妇人走过,不知是不是她。一个人的妻子,如果她能勤俭持家、相夫教子而且是一个"温而正"的女人,她的丈夫一定要受到她的影响,一定爱她,一定爱屋及乌的爱与她有关的一切。周先生早年负笈东瀛,娶日女为妻,对于日本的许多方面的好的印象是可以理解的。我记得他写过一篇文章赞美日本式的那种纸壁、地板、蹲坑的厕所,真是匪夷所思。他有许多要好的日本朋友,更是意料中事,犹之鲁迅先生之与上海虹口的内山书店老板过从甚密。

抗战开始,周先生舍不得离开北平,也许是他自恃日人不会为难他。以我所知,他不是一个热衷仕进的人,也异于鲁迅之偏激孤愤。不过他表面上淡泊,内心里却是冷峭。他这种心情和他的身世有关。一九八二年九月二十日《联合报》万象版登了一篇《高阳谈鲁迅心头的烙痕》:

　　鲁迅早期的著作,如《呐喊》等,大多在描写他的那场"家难",其中主角是他的祖父周福清,同治十年三甲第十五名进士，外放江西金溪知县。光绪四年因案被议，降级改为"教谕"。周福清不愿做清苦的教官，改捐了一个"内阁中书"，做了十几年的京官。

光绪十九年春天，周福清丁忧回绍兴原籍。这年因为下一年慈禧太后六旬万寿，举行癸巳恩科乡试；周福清受人之托，向浙江主考贿买关节，连他的儿子，也就是鲁迅的父亲周用吉在内，一共是六个人，关节用"宸衷茂育"字样；另外"虚写银票洋银一万元"，一起封入信封。投信的对象原是副主考周锡恩，哪知他的仆人在苏州误投到正主考殷如璋的船上。殷如璋不知究竟，拆开一看，方知贿买关节。那时苏州府知府王仁堪在座，而殷如璋与周福清又是同年，为了避嫌疑起见，明知必是误投，亦不能不扣留来人，送官究办。周福清就这样吃上了官司。

科场舞弊，是件严重的事。但从地方到京城，都因为明年是太后六十万寿，不愿兴大狱，刑部多方开脱，将周福清从斩罪上量减一等，改为充军新疆。历久相沿的制度是，刑部拟罪得重，由御笔改轻，表示"恩出自上"；但这一回令人大出意外，御着批示："周福清着改为斩监候，秋后处决。"

这一来，周家可就惨了。第二年太后万寿停刑，固可多活一年；但自光绪二十一年起，每年都要设法活动，将周福清的姓名列在"勾决"名册中"情实"一栏之外，才能免死。这笔花费是相当可观的。此外，周福清以"死囚"关在浙江臬司监狱中，如果希望获得较好的待遇，必须上下"打点"，非大把银子不可。周用吉的健康状况很差，不堪这样沉重的负担,很快的就去世了。鲁迅兄弟被寄养在亲戚家,每天在白眼中讨生活;十几岁的少年,由此而形成的人格,不是鲁迅的偏激负气,就是周作人的冷漠孤傲,是件不难想象的事。

鲁迅的心头烙痕也正是周作人先生的心头烙痕,再加上抗战开始后北平爱国志士那一次的枪击,作人先生无法按捺他的激愤,遂失足成千古恨了。在后来国军撤离南京的前夕,蒋梦麟先生等还到监牢去探视过他,可见他虽然是罪有应得,但是他的老朋友们还是对他有相当的眷念。

一九七一年五月九日《中国时报》副刊有南宫搏先生一文《于〈知堂回想录〉而回想》,有这样的一段:

> 我曾写过一篇题为《先生,学生不伪!》不留余地指斥学界名人傅斯年。当时自重庆到沦陷区的接收大员,趾高气扬的正不乏人,傅斯年即为其中之一。我们总以为学界的人应该和一般官吏有所不同,不料以"清流"自命的傅斯年在北平接收时,也有那一副可憎的面目,连"伪学生"也说得出口——他说"伪教授"其实已不大可恕了。要知政府兵败,弃土地、人民而退,要每一个人都亡命到后方去,那是不可能的。在敌伪统治下,为谋生而做一些事,更不能皆以汉奸目之,"饿死事小,失节事大",说说容易,真正做起来,却并不是叫口号之易也。何况,平常做做小事而谋生,遽加汉奸帽子,在情在理,都是不合的。

1919年5月9日，清华学生国耻纪念会后，在西大操场焚烧日货

南宫搏先生的话自有他的一面的道理，不过周作人先生无论如何不是"做做小事而谋生"，所以我们对于他的晚节不终只有惋惜，而且无法辩解。

* 本篇选自一九七四年台北志文出版社出版的《看云集》。

悼念余上沅

余上沅先生毕生尽瘁于戏剧运动，和我有数十年的交情，大陆变色之后遂无音讯。他的门生故旧在此地者，也都不知其情况。年前，有人访问大陆，我托带短笺问候起居，很久之后得到上沅夫人陈衡粹女士的回信，才知道上沅已于一九七〇年四月三十日"以食道癌及体力枯竭死去"。数十年间，山川阻隔，彼此生死不明，悠悠苍天，人间何世！

上沅，湖北沙市人，生于民国前十五年十月四日。家世清寒，父为布店店员。七岁在邻塾附读启蒙，十三岁入余鸿昌布店为学徒。十五岁离家出走，考入武昌文华书院，苦读八年。"五四"前后，积极参加学生运动，奔走于上海、北平之间。民国九年入北大英文系读书,十一年毕业,以同乡王芳荃先生(时任清华教务处注册主任)之介进入清华教务处为职员。我在这个时候认识了上沅。这时候我尚未在清华毕业,我们办的《清华周刊》偶有《文艺增刊》,上沅也曾惠赐过稿件。

清华是一个特殊的学校,因为是一个留美预备学校的性质,上午各课全是以英语讲授,下午各课则是中文课程。下午各课不计成绩,与毕业无关,国文史地不及格照样出国,所以下午的课不被重视。我对这现象深致不满。上沅在教务处的工作也嫌其烦琐,有意在高等科下午开一班翻译课,两小时选修性质。我首先赞成,邀集三五同学选修,于是开班上课。翻译没有什么好教的,学期终了各缴一篇译品作为观摩而已,但是因此我和上沅有了一个学期的师生之谊。以后上沅坚持不许我再提此事,不过事实总是事实。上沅长我五岁,对我在私行上屡次不吝规劝,所以我对他自有一番敬仰,一直以兄长事之。

民国十二年我在清华毕业,上沅和我们全班同学六十七人同船游美。他是以清华半官费的资格出国的。所谓半官费,实际上是资助年轻人出国进修两年。上沅得到半官费,另一半则由他一位父执贺老先生出资补助,附有一个条件,必须研读政治,否则不予继续资助。上沅偏偏不喜政治,他醉心的是戏剧,他到了美国即进入匹次堡卡内基大学戏剧系攻读。这是在戏剧艺术方面很著名的一个学府,据我所闻在舞台技术方面,举凡设计、布景、灯光、表演等等项目都要求很高。国人研究西洋戏剧艺术者多,但很少人是真正受过正格的教育训练,有如我国所谓科班出身者。在我个人交游圈中,较早的有洪深先生,此外就是上沅了。

上沅在匹次堡一年之中,受了正式戏剧艺术的教育。

民国十三年,上沅到了纽约,入哥伦比亚大学。那时候布兰德·马修斯教授已经退休,但是他的著名戏剧图书室照常开放,许多研究戏剧的学子在这里获得珍贵的资料,其中特别有价值的一部分是英美历年演戏的档案。上沅在纽约这一年,博览了古典与现代的戏剧文学。但是获益最多的尚不在此,他在这大都市的剧院看了无数名剧之精彩的演出。看戏是很费钱的,穷学生不能常看,但是研究戏剧的人非多看不可,于是只好以最低代价挤上所谓的"黑人天堂",爬上剧院最高一层的座位,甚至站立而无座位。上沅在纽约还有一项重大的收获,他结交了一批志同道合的朋友,张嘉铸(禹九)、赵畸(太侔)、闻一多、熊佛西等,他们都是爱好戏剧的,后来他们曾经合作推动一个戏剧运动。在纽约这一年,他们过的是波希米亚式的生活,全都留了长发,系上宽大的花领结,夜晚啸聚中华楼喝五加皮(那时是禁酒期间),谈论戏剧与艺术。上沅比较保守些,未留长发。

十四年春,剑桥中国同学会以英语改编《琵琶记》,上演于波斯顿之考普莱剧院,我参预其事,函闻一多请求臂助。一多复信说:"因事不能来,但遣两员大将前去帮忙,一是余上沅,他是内行,能指挥一切,一是赵太侔,他多才多艺,但寡言笑,对他幸无误会。"二位来了,伸胳臂挽袖子,锯木头搭布景,真是助了我们一臂之力。

是年夏,上沅因为资助的来源断绝,偕同太侔、一多返国,结束了留美两年的生活。回国后他们在北京正好遇到刘百昭主办艺专,由于徐志摩的奔走,他们三位都被罗致在艺专,并且创办了一个戏剧系，在我国这是创举。这是上沅走上戏剧运动的第一步。他们成立了一个"中国戏剧社"，提倡"国剧"。这所谓"国剧"，不是我们现在所指的"京戏"或"皮黄戏"，也不是当时一般的话剧，他们想不完全撇开中国传统的戏曲，但要采纳西洋戏剧的艺术手段。不只是理论上的探讨，他们还希望能有一个"小剧院"来做实验。显然的他们的理想与希望落空了，因为扰攘的时局和不安定的生活都不利于实验性的戏剧运动。他们的宣传机构是北京《晨报》的副刊，当时的主编是徐志摩，特别给他们开辟一个《剧刊》，撰稿的人包括上沅、太侔、禹九、邓以蛰、闻一多、徐志摩、顾颉刚诸位。后来上沅从《剧刊》选了二十几篇辑为一册，都十余万言，题为《国剧运动》，由上沅作序，衡粹画封面，上海新月书店出版，算是给这仅仅一年寿命的戏剧运动留下了一点痕迹。

民国十五年秋，我返国在南京东南大学任教，北京一班教授们纷纷南下，上沅也来到东南大学教书。旧友重逢，连床夜话，每日与张欣海、邓以蛰、陈登恪聚饮于成贤街一小肆，高谈阔论，意气风发。如是者半年。南京历代名都，六朝胜地，虽然说是荆棘铜驼，犹存古朴肃静之美，上沅与我乃遍处留有屐痕。十六年春，我们先后在北京结婚，旋即相继挈妇南返，比邻而居。不匝月，北伐军至，烽火连天，乃相率搭乘太古轮走避于上海。真乃患难之交。北伐胜利，东南大学改为中央大学，上沅、欣海、登恪与我皆在不予续聘之列。

上沅夫妇到上海后，不久新月书店成立，他们搬到法租界华龙路新月书店编辑所楼上居住，暂时解决了居住问题。上沅任经理兼编辑，对于书店的经营擘画颇有贡献。在此期间他未忘情于戏剧,有《上沅剧本甲集》、《戏剧论集》等作品发表。

十里洋场的上海不是久居之地。上沅于十七年九月举家迁往北平,就任中华教育文化基金会秘书。和他同时在该会任会计的是张兹闿先生,基金会的董事长是任鸿隽先生,该会的翻译委员会主任是胡适先生。在此期间,他继续推行他理想中的小剧院运动。按,所谓小剧院运动,是一八八七年著名演员 Andr'e Antoine 在巴黎所发起的。他集合一批年轻戏剧作家,在"自由剧院"上演他们的作品,观众都是买长期季票的知识分子。他要演出的是优秀作品,外国作品也经常采用,绝不计较票房。此项运动在英德相继兴起,造成高潮。上沅受了这个运动的影响,所以要在国内试为推行。赵元任、丁西林、熊佛西等都热心赞助。演出的戏有丁西林的《一只马蜂》、《求婚》,上沅的《兵变》,小仲马的《茶花女》等,轰动一时。著名演员白杨(本名杨君莉)就是以参加小剧院演出而得名的。

二十四年初,梅兰芳剧团访苏联,上沅随团旅游,除了在苏联陪同梅兰芳拜访过斯坦尼拉夫斯基戏剧大师,还遍游了英、法、德、意等国。上沅在英国拜访了萧伯纳,看了许多戏,过莎士比亚故乡时,在三一教堂买了一张莎士比亚墓铭的拓本送我。这一张拓本,我很珍视,是用蜡笔拓的,由教堂司事签字证明确系拓自墓石,我加以裱褙,配以镜框,高悬在我室中。客有惊问者:"阁下室内悬挂墓铭拓片,毋乃不伦?"我说:"设使挂的是张黑女、杨大眼的墓志铭,我公是否亦将发出此问?"客不能答。上沅贻我的这张拓片,今已不知去向,据云被荒谬无知的人烧掉了。

二十四年八月上沅回到上海,接受教育部(部长王世杰)聘,筹办国立戏剧学校,事实上在背后策动指导的是张道藩先生。剧校于是年十月十八日在南京薛家巷正式开学,上沅奉派为校长。最初为两年制,第一届于二十六年结业,公演上沅导演的《威尼斯商人》,我应邀专往南京观赏。我记得是夜晚到达浦口,上沅派人会同中国文艺社的王平陵及华林先生前来迎迓,一起过江,当即下榻于中国文艺社招待所。这时候南京已是首都,到处营建衙门官邸,又是一番气象,昔日之萧索雅静的形态一扫无遗。翌晨由龚业雅陪我去见上沅、衡粹,欢喜无已。《威尼斯商人》演出甚为成功,所用剧本是我的翻译,由上沅大笔删汰,莎剧上演于现代舞台,自有削减场数、删除冗词之必要。扮演夏洛克及波西亚(叶仲寅小姐)者都给我以深刻的印象。事前上沅要我向演员致词,我即举哈姆雷特对演员的劝告以对:"在人生面前竖起一面镜子。"

二十六年,抗日战争爆发,剧校奉命迁往后方,由长沙而重庆,二十八年再迁江安县,借文庙为校址,改为三年专科制,于话剧科外添乐剧科。三十四年抗战胜利,迁校北碚,三十五年迁回南京,建新址于大光路。上沅在三十七年夏代表我国出席捷克首都布拉克举行的国际戏剧家协会年会,这是我国正式参加国际戏剧组织的开始。是年秋,国内局势大变,乃辞去校长职务,闲居沪上。三十八年五月返回南京办理移交手续。嗣后他因应局势,也还多多少少做了一些有关戏剧的活动,但是其艰难困苦的情形不言可喻。

上沅的晚年生活情形,我不大清楚。近读衡粹所做《余上沅小传》,略知梗概,语焉未详。她说:"'文化大革命'中,和许多老知识分子一样，备受冲击，打入牛棚，下乡劳动。但他一直老老实实，继续完成分配给他的翻译任务，直至一九七〇年初，身体实在支持不住，才从农村回上海市内就医，住院一个月，即以食道癌及体力枯竭死去。终年七十四岁。"打入牛棚，下乡劳动"包括多少惨绝人寰的故事！"一直老老实实……直至……实在支持不住……住院一个月……死去！"人生至此，夫复何言！衡粹说："一九七八年上海戏剧学院为余平反……余上沅虽已去世十二年……亦必瞑目于九泉矣。"这是他的亲人等了十二年才得到的一点点的安慰。

上沅一生耿直，自律很严。我举一桩小事为例。在北碚时，剧校预备买船返回南京，临行前我从寓处走过去送别，只见他指挥员工打扫清洁他们租来的校舍，擦玻璃、抹地板，忙得一团糟。或谓即将离去，何苦乃尔，上沅说："不然，惟因我们要离去，所以要打扫，给后来的人一个方便。"这是很难得一见的美德。

有一位职员犯有重大过失，上沅予以申斥，其人不服，始而厉声抗辩，终乃拍桌大骂，秽语尽出。上沅泰然处之，端坐不语，俟其发泄完毕悻悻而去，上沅始徐徐语左右曰："我不能和他对骂，对骂就不成体统了。"其人终于悔悟道歉。

上沅之最不可及处是他的敬业精神。今年八月三日有一家香港报纸刊载一篇《导演家里失火时》，这导演就是余上沅。这一段轶事我也曾听衡粹说过，这家报纸记载非虚。引录如下：

大约在一九四七年春，他们家附近失火，大有蔓延到门前之势，她(衡粹)急忙打发人到剧专叫他，三番两次去人叫,总不见他回来,他只派一个人来帮忙。她们急忙把家里东西往院子里搬,过了一两小时,火扑灭了,她们又忙往家里搬东西。深夜,这位戏剧家从容自在的回来了。夫人当然很不高兴的问他:"火烧眉毛你都不回来,太不像话!"他理直气壮的答道:"我在排戏,我是导演,最后一幕没排完,怎么能回来?"又说:"搬东西救火人人能做,可是排演别人替代不了啊!"夫人听了,哭笑不得……

所以也难怪余上沅在南京主持戏剧专科学校十年时,教职员送他一副对联:

戏剧树典型端赖十年教训
桃李满天下只余两袖清风

＊ 本篇选自一九八四年台北皇冠出版社出版的《看云集》。

悼朱湘先生

偶于报端得知朱湘先生死耗,但尚不知其详。文坛又弱一个,这是很令人难过的。我和朱先生幼年同学,近年来虽无交往,然于友辈处亦尝得知其消息,故于朱先生平素为人及其造诣,亦可说略知一二。朱先生读书之勤,用力之专是很少见的。可惜的是他的神经是从很早的时候就有很重的变态的现象,这由于早年家庭环境不良,抑是由于遗传,我可不甚知道。他的精神变态,愈演愈烈,以至于投江自尽,真是极悲惨的事。关于他的身世遭遇理解最深者在朋友中无过于闻一多、饶子离二位,我想他们一定会写一点文字,纪念这位亡友的。

在上海《申报·自由谈》(十二月七日、十九日)有两篇追悼朱湘先生的文章略谓:

"他的死,可说完全是受社会的逼迫。固然,他的性情不免孤僻,这是他的一般朋友所共知;不过生活的不安,社会对他的漠视,都是他自杀的近因。他不知道现在社会,只认得金钱,只认得势利,只认得权力,天才的诗人,贫苦的文士,(那)在它的眼下!朱湘先生他既不会蝇营狗苟,又不懂得争权夺利,所以在这黑暗社会中,只得牺牲一生了。我恐怕现刻在社会的压迫下,度着困苦的生活,同他一样境遇的,还不知道有多少呢!朱湘先生之自杀,正是现代社会不能尊重文人的表现。"(余文伟)"这件事报纸上面好像没有什么记载,其实是很值得注意的,因为它的意义并不限于朱湘一个人。这位诗人的性情据说非常孤傲,自视很高。据他想像这样一个诗人,虽然不能像外国的桂冠诗人一样,有什么封号,起码也应该使他生活得舒服一点,使他有心情写诗。可是这个混乱的中国社会,不但不给他舒服的生活,而且简直不给他生活。这种冷酷他自然是感到的。他不能认识社会,了解社会,既不承认能够优容他,把他像花草一样培养起来的某种环境已经崩溃,更不相信那个光明灿烂的时期真会实现,所以他只看到一片深沉的黑暗。这种致命的绝望,使他没有生活下去的勇气,使他不得不用自杀来解决内心的苦闷。朱湘已死了,跟他选上这条死路的,恐怕在这大批彷徨歧路的智识群中,还有不少的候补者罢。"(何家槐)

这两位作者认定朱先生之自杀"完全是受社会的逼迫","这个混乱的中国社会……简直不给他生活"。对于死人,照例是应该说好话的。对于像朱先生这样有成绩的文人之死,自然格外的值得同情。不过,余、何两位的文章似乎太动了情感,一般不识朱

148

先生的人，读了将起一种不十分正确的印象，将以为朱先生之死，一古脑儿的由"社会"负责。

中国社会之"混乱"，自然是一件事实，在这社会中而要求"生活得舒服一点"的确是不容易。不过以朱湘先生这一例来说，我觉得他的死应由他自己的神经错乱负起大部分责任，社会之"冷酷"负小部分责任。我想凡认识朱先生的将同意于我这判断。朱先生以"留学生"、"大学教授"的资格和他的实学而要求"生活得舒服一点"不是不可能的。不幸朱先生的脾气似乎太孤高了一点，不客气的说，太乖僻了一点，所以和社会不能调谐。若说"社会"偏偏要和文人作对，偏偏不给他生活，偏偏要逼他死，则我以为社会虽"冷酷"，尚不至于"冷酷"至此！

文人有一种毛病，总以为社会的待遇太菲薄。总以为我能作诗，我能写小说，我能作批评，而何以社会不使我生活得舒服一点。其实文人也不过是人群中之一部分，凭什么他应该要求生活的舒适？他不反躬问问自己究竟贡献了多少？譬如郁达夫先生一类的文人，报酬并不太薄，终日花天酒地，过的是中级的颓废生活，而提起笔来，辄拈酸叫苦，一似遭了社会的最不公的待遇，不得已才沦落似的。这是最令人看不起的地方。朱湘先生并不是这样的人，他的人品是清高的，他一方面不同流合污的攫取社会的荣利，他另一方面也不嚷穷叫苦取媚读者。当今的文人，最擅长的是"以贫骄人"，好像他的穷即是他的过人的长处，此真无赖之至。若以为朱先生之死完全由于社会的逼迫，岂非厚诬死者？

本来靠卖文维生是很苦的，不独于中国为然。在外国因为读者、识字的人多，所以出版事业是营利的大商业，因之文人的报酬亦较优厚,然试思十八世纪之前,又几曾听说有以卖文维生的文学家？大约除了家中富有或蒙贵人赏拔的人才能专门从事著述。从近代眼光看来,受贵人赏拔是件可耻的事。在我们中国文人一向是清苦的,在如今凋敝的社会里自然是更要艰窘。据何家槐君说：

"他的文章近几年来发表得很少，而且诗是卖不起钱的，要想靠这个维持生活真是梦想。听说有家杂志要他的诗稿,因为他要求四元一行,那位素爱揩油的编辑就很生气的拒绝刊登。"

我奇怪的不是编辑先生之"拒绝刊登",而是朱湘先生的"要求四元一行",当然那位编辑先生之"很生气"是大可不必的。文学只好当作副业,并且当作副业之后对于文学并无妨。有些诗人以为能写十行八行诗之后便自命不凡的以为其他职业尽是庸俗,这实在是误解。我们看古往今来的多少文学家,有几人以文学为职业？当今不少的青年,对于文学富有嗜好,而于为人处世之道遂不讲求,这不是健康的现象。我于哀悼朱湘先生之余,不禁的想起了这些话说。

朱先生之死是否完全由于社会逼迫，抑是还有其他错综的情形,尚有待于事实的说明。如其他是神经错乱,他自己当然也很难负责,只能归之于命运。不过神经并未错乱的文人们,应该知道自处,应该有较强的意志、"韧"性和毅力,来面对这混乱的社会罢？

还有一点,写诗是和许多别种工作一样,并不见得一定要以"生活得舒服一点"为先决条件的。饿了肚子当然是不好工作的,"穷而后工"也不过是一句解嘲的话。然而,若谓"生活得舒服一点"，以后才能"有心情写诗"，这种理论我是不同意的。现下的诗人往往写下四行八行的短诗，便在后面缀上"于莱茵河边"、"于西子湖畔"，这真令人作呕。诗是在什么地方都可以写的，不必一定要到风景美的地方去。诗在什么时候都可以写的，不必一定在"舒服"的时候。所谓"有心情写诗"，那"心情"不是视"舒服"与否而存灭的。诗人并没有理由特别的要求生活舒适。社会对诗人特别的推崇与供养，自然是很好的事，可是在诗人那方面并不该怨天尤人的要求供养。要做诗人应先做人。这并非是对朱湘先生的微辞，朱湘先生之志行高洁是值得我们尊敬的，他的自杀是值得我们哀悼的。不过活着的文人们若是借着朱先生之死而发牢骚，那是不值得同情的。

*　本篇原载于一九三三年十二月三十日《益世报·文学周刊》第五十七期，署名梁实秋。

悼念王国华先生

王国华先生，字亚农，陕西人，幼年考入清华学校，属一九二三年级，和我同班，可以算是总角之交。噩耗传来，于本年三月十一日以车祸不治，遂作九泉之客！怀念亡友，忧思百结，略述交往，聊当一哭。

亚农比我大一岁，在我们级中是一位老大哥，他为人稳重老成，有典型的陕西人的气度，曾经做过级长，也拿过墨盒（操作优良奖）。可是大家都喜欢他，因为他平易近人。王国华三个字快读起来像是"黄瓜"，尤其是南方人黄王不分，所以同学都戏呼他为"黄瓜"，他怡然受之，这个绰号在我们老同学之间一直沿用到老。他喜欢唱旧戏，唱余派老生，饶有韵味，在什么"同乐会"之类的场合少不了他的一曲清歌。清华的篮球队是有名的,在全盛时代曾在国内外崭露头角,亚农和孙立人都是校队的中坚,他们两个曾代表国家到马尼拉参加远东比赛,大获全胜。两个人都担任后卫,比赛场上,威风十足,我们同级朋友无不引以为荣。亚农有幽默感,间出冷语,谈言微中,他与人无争,我没见过他对任何人有疾言厉色。

一九二三年毕业,到美国科罗拉多大学去的有谢奋程、陈肇彰、盛斯民、赵敏恒、麦健曾、王国华和我七个人。珂泉那时候是一个小城市,从来不曾有过七个中国学生同时入校。我们七个人都插入四年级,亚农习商,我习英文,虽不同系,来往渐多。我们分别租居民房,但是每天上午十时在学校教堂做礼拜时我们披长袍顶方冠总要交谈一阵。有一次我开汽车送闻一多去仙园写生,邀亚农偕行,车上山后误入死巷,倒退时不慎翻落山坡,万丈深渊,下临无地,但闻耳边风声飒飒,突然车止,原来是被两株青松夹住,死里逃生,骇汗不已。是亚农和我亦有此共患难的一段因缘,侥幸脱险,当有后福,孰知五十年后仍不能脱覆车之厄! 悲哉,悲哉!

一九二四年夏,我去哈佛,亚农亦去哈佛,再度同学一年。彼此住处较远,功课也忙,遂少见面。但是在赴哈佛途中,我们在芝加哥曾一起畅游数日,晚间共宿一间旅舍,连床夜话,快慰生平。

自哈佛一别,一两年后分别返国,听说亚农一度在南京交通部任总务司长,总务之事千头万绪,亚农用其所学,得展长才,多方肆应,游刃有余。清华毕业学生,当时虽皆具有留学生之资格,返国任事大抵皆视其专门知识而各觅枝栖,绝少人事汲引,更无门户之分。无论学界或仕途,凡能有所建树,率由个人努力,亚农之在政界卓然有以自立,即其一例。我返国后仆仆南北,睽隔既久,遂鲜存问,迄后抗战军兴,虽皆避地入蜀,我大部时间蛰居北碚,交通困阻,亦难得谋面。在此期间,听说他有鼓盆之戚,中年丧偶,人何以堪,且子女尚幼,需人照护,而亚农伉俪情深,兼为子女之故,不谋胶续,于是内外兼顾,身心俱疲,其处境之苦可以想见。

一九四九年我到台湾,始得与亚农再度在台北聚首。我看他孑然一身,寄食友朋,相对话旧,怃然久之。翌年他奉命长高雄港务局,港务局事务纷烦,且责任重大,非事务长才断难胜任,故亚农膺命,窃庆得人。是年我游南部,便道访亚农于港务局招待所,承设盛筵,痛饮尽欢,席间亚农高歌皮黄一曲,虽然举目有山河之异,而歌喉嘹亮不减当年。夜阑客去,亚农留我下榻该处,寝室高据山顶,俯瞰全港,是日天朗气清,月色皎洁,我们即在阳台之上瀹茗闲话。亚农告我,鳏居六年备尝艰苦,今幸子女长大,中馈不便再虚,并嘱我留意代为物色。我受人之托,忠人之事,后来果得机会,乘其公出台北之便,相偕作初步接触,亚农似不属意,遂无下文。不久之后听说他业已续娶。婚媾之事,莫非前世姻缘,其中曲折,非外人所宜置喙。

我们一九二三级同学,初入学府有九十人左右,是旧制清华学校最大的一级,八年后毕业时仅余六十几人。我初到台湾时,同班同学亦尚有十数人在台。我们曾不定期的轮流邀宴,借以话旧,不及两度循环,便渐渐凋零,难以为续。如今亚农一去,又弱一个。亚农朴实厚重,实则多才多艺。因其先君雅擅诗词,兼工铁笔,故亚农自幼熏陶,趣味亦自不凡,惟不喜矜露,故外人罕有知者。

* 本篇选自一九八三年台北正中书局出版的《雅舍杂文》。

同学

　　同学,和同乡不同。只要是同一乡里的人,便有乡谊。同学则一定要有同窗共砚的经验。在一起读书,在一起淘气,在一起挨打,才能建立起一种亲切的交情,尤其是日后回忆起来,别有一番情趣。纵不曰十年窗下,至少三五年的聚首总是有的。从前书房狭小,需要大家挤在一个窗前,窗间也许着一鸡笼,所以书房又名曰鸡窗。至于邦硬死沉的砚台,大家共用一个,自然经济合理。

　　自有学校以来,情形不一样了。动辄几十人一班,百多人一级,一批一批的毕业,像是蒸锅铺的馒头,一屉一屉的发售出去。他们是一个学校的毕业生,毕业的时间可能相差几十年。祖父和他的儿孙可能是同学校毕业,但是不便称为同学。彼此相差个十年八年的,在同一学校里根本没有碰过头的人,只好勉强解嘲自称为先后同学了。

　　小时候的同学,几十年后还能知其下落的恐怕不多。我小学同班的同学二十余人。现在记得姓名的不过四五人。其中年龄较长身材最高的一位,我永远不能忘记,他脑后半长的头发用红头绳紧密扎起的小辫子,在脑后挺然翘起,像是一根小红萝卜。他善吹喇叭,毕业后投步军统领门当兵,在"堆子"前面站岗,拄着上刺刀的步枪,满神气的。有一位满脸疙瘩噜苏,大家送他一个绰号"小炸丸子",人缘不好,偏爱惹事,有一天犯了众怒,几个人把他抬上讲台,按住了手脚,扯开他的裤带,每个人在他裤裆里吐一口唾液!我目睹这惊人的暴行,难过很久。又有一位好奇心强,见了什么东西都喜欢动手,有一天迟到,见了老师为实验冷缩热胀的原理刚烧过的一只铁球,过去一把抓起,大叫一声,手掌烫出一片的溜浆大泡。功课最好写字最工整的一位,规行矩步,主任老师最赏识他,毕业后,于某大书店分行由学徒做到经理。再有一位由办事员做到某部司长。此外则人海茫茫,我就都不知其所终了。

　　有人成年之后怕看到小时候的同学,因为他可能看见过你一脖子泥、鼻涕过河往袖子上抹的那副脏相,他也许看见过你被罚站、打手板的那副窘相。他知道你最怕人知道你的乳名,不是"大和尚"就是"二秃子",不是"栓子"就是"大柱子",他会冷不防的在大庭广众之中猛喊你的乳名,使你脸红。不过我觉得这也没有什么不好,小时候嬉嬉闹闹,天真率直,那一段纯稚的光景已一去而不可复得,如果长大之后还能邂逅一两个总角之交,勾起童时的回忆,不也快慰生平么?

我进了中学便住校,一住八年。同学之中有不少很要好的,友谊保持数十年不坠,也有因故翻了脸掐过脖子的。大多数只是在我心中留下一个面貌馨欬的影子,我那一级同学有八九十人,经过八年时间的淘汰过滤,毕业时仅得六七十人,而我现在记得姓名的约六十人。其中有早夭的,有因为一时糊涂顺手牵羊而被开除的,也有不知什么缘故忽然辍学的,而这剩下的一批,毕业之后多年来天各一方,大概是"动如参与商"了。我一九四九年来台湾,数同级的同学得十余人,我们还不时的杯酒联欢,恰满一桌。席间,无所不谈。谈起有一位绰号"烧饼",因为他的头扁而圆,取其形似。在体育馆中他翻双杠不慎跌落,旁边就有人高呼:"留神芝麻掉了!"烧饼早已不在,不死于抗战时,而死于胜利之日;不死于敌人之手,而死于同胞之刀,谈起来大家无不欷歔。又谈起一位绰号"臭豆腐",只因他上作文课,卷子上涂抹之处太多,东一团西一块的尽是墨猪,老师看了一皱眉头说:"你写的是什么字,漆黑一块块的,像臭豆腐似的!"(北方的臭豆腐是黑色的,方方的小块。)哄堂大笑,于是臭豆腐的绰号不胫而走。如今大家都做了祖父,这样的称呼不雅,同人公议,摘除其中的一个臭字,简称他为豆腐,直到如今。还有一位绰号叫"火车头",因为他性偏急,出语如连珠炮,气咻咻,唾沫飞溅,做事横冲直撞,勇猛向前,所以赢得这样的一个绰号,抗战期间不幸死于日寇之手。我们在台的十几个同学,轮流做东,宴会了十几次,以后便一个个的凋谢,溃不成军,凑不起一桌了。

同学们一出校门,便各奔前程。因为修习的科目不同,活动的范围自异。风云际会,拖青纡紫者有之;踵武陶朱,腰缠万贯者有之;有一技之长,出人头地者有之;而座拥皋比,以至于吃不饱饿不死者亦有之。在校的时候,品学俱佳,头角峥嵘,以后未必有成就。所谓"小时了了,大未必佳",确是不刊之论。不过一向为人卑鄙投机取巧之辈,以后无论如何翻云覆雨,也逃不过老同学的法眼。所以有些人回避老同学唯恐不及。

杜工部漂泊西南的时候,叹老嗟贫,咏出"同学少年多不贱,五陵裘马自轻肥"的句子。那个"自"字好不令人惨然!好像是衮衮诸公裘马轻肥,就是不管他"一家都在秋风里"。其实同学少年这一段交谊不攀也罢。"衣敝缊袍,与衣狐貉者立",纵然不以为耻,可是免不了要看人的嘴脸。

* 本篇选自一九八二年台北正中书局出版的《雅舍小品·三集》。

新同学第一次参加校园升旗仪式

一

　　季淑于一九七四年四月三十日逝世,五月四日葬于美国西雅图之槐园(Acacia Memorial Park)。槐园在西雅图市的极北端,通往包泽尔(Bothell)的公路的旁边,行人老远的就可以看见那一块高地,芳草如茵,林木蓊郁,里面的面积很大,广袤约百数十亩。季淑的墓在园中之桦木区(Birch Area),地号是 16-C-33,紧接着的第十五号是我自己的预留地。这个墓园本来是共济会所创建的,后来变为公开,非会员亦可使用。园里既没有槐,也没有桦,有的是高大的枞杉和山杜鹃之属的花木。此地墓而不坟,墓碑有标准的形式与尺寸,也是平铺在地面上,不是竖立着的,为的是便利机车割草。墓地一片草皮,永远是绿茸茸,经常有人修剪浇水。墓旁有一小喷水池,虽只喷涌数尺之高,但汩汩之泉其声呜咽,逝者如斯,发人深省。往远处看,一层层的树,一层层的山,天高云谲,瞬息万变;俯视近处,则公路蜿蜒,车如流水。季淑就是在这样的一个地方长眠千古。

"圣人忘情,最下不及情,情之所钟,正在我辈。"这是很平实的话。虽不必如荀粲之惑溺,或蒙庄之鼓歌,但夫妻胖合,一旦永诀,则不能不中心惨怛。"美国华盛顿大学心理治疗系教授霍姆斯设计一种计点法,把生活中影响我们的变异,不论好坏,依其点数列出一张表。"(见一九七四年五月份《读者文摘》中文版)在这张表上"丧偶"高列第一,一百点,依次是离婚七十三点,判服徒刑六十三点等等。丧偶之痛的深度是有科学统计的根据的。我们中国文学里悼亡之作亦屡屡见,晋潘安仁有《悼亡诗》三首:

> 荏苒冬春谢,寒暑忽流易。
>
> 之子归穷泉,重壤永幽隔!
>
> 私怀谁克从,淹留亦何益?
>
> 僶俛恭朝命,回心反初役。
>
> 望庐思其人,入室想所历。
>
> 帏屏无仿佛,翰墨有余迹。
>
> 流芳未及歇,遗挂犹在壁。
>
> 怅恍如或存,回惶忡惊惕。
>
> 如彼翰林鸟,双栖一朝支;
>
> 如彼游川鱼,比目中路析。

春风缘隙来，晨溜依檐滴。

寝兴何时忘，沉忧日盈积。

庶几有时衰，庄缶犹可击。

皎皎窗中月，照我室南端。

清商应秋至，溽暑随节阑。

凛凛凉风升，始觉夏衾单。

岂曰无垂纩，谁与同岁寒？

岁寒无与同，朗月何胧胧！

辗转盼枕席，长簟竟床空！

床空委清尘，室虚来悲风。

独无李氏灵，仿佛睹尔容！

抚襟长叹息，不觉涕沾胸。

沾胸安能已，悲怀从中起。

寝兴目存形，遗言犹在耳。

上惭东门吴，下愧蒙庄子。

赋诗欲见志，零落难具纪。

命也可奈何，长戚自令鄙。

曜灵运天机，四节代迁逝。

凄凄朝露凝，烈烈夕风厉。

奈何悼淑俪，仪容永潜翳！

念此如昨日，谁知已卒岁！

改服从朝政，哀心寄私制；

茵帏张故房，朔望临尔祭。

尔祭讵几时，朔望忽复尽。

衾裳一毁撤，千载不复引。

亹亹期月周，戚戚弥相愍。

悲怀感物来，泣涕应情陨。

驾言陟东阜，望坟思纡轸。

徘徊墟墓间，欲去复不忍。

徘徊不忍去，徙倚步踟蹰。

落叶委埏侧，枯荄带坟隅。

孤魂独茕茕，安知灵与无？

投心遵朝命，挥涕强就车。

谁谓帝宫远，路极悲有余！

　　这三首诗从前读过，印象不深，现在悼亡之痛轮到自己，环诵再三，从"重壤永幽隔"至"徘徊墟墓间"，好像潘安仁为天下丧偶者道出了心声。故录此诗于此，代摅我的哀思。不过古人为诗最重含蓄蕴藉，不能有太多的细腻的写实的描述。例如，我到季淑的墓上去，我的感受便不只是"徘徊不忍去"，亦不只是"孤魂独茕茕"，我要先把鲜花插好（插在一只半埋在土里的金属瓶里），然后灌满了清水；然后低声的呼唤她几声，我不敢高声喊叫，无此需要，并且也怕惊了她；然后我把一两个星期以来所发生的比较重大的事报告给她，我不能不让她知道她所关切的事；然后我默默的立在她的墓旁，我的心灵不受时空的限制，飞跃出去和她的心灵密切吻合在一起。如果可能，我愿每日在这墓园盘桓，回忆既往，没有一个地方比槐园更使我时时刻刻的怀念。

死是寻常事，我知道，堕地之时，死案已立，只是修短的缓刑期间人各不同而已。但逝者已矣，生者不能无悲。我的泪流了不少，我想大概可以装满罗马人用以殉葬的那种"泪壶"。有人告诉我，时间可以冲淡哀思。如今几个月已经过去，我不再泪天泪地的哭，但是哀思却更深了一层，因为我不能不回想五十多年的往事，在回忆中好像我把如梦如幻的过去的生活又重新体验一次。季淑没有死，她仍然活在我的心中。

二

季淑是安徽省徽州绩溪县人。徽州大部分是山地，地瘠民贫，很多人以种茶为业，但是皖南的文风很盛，人才辈出。许多人外出谋生，其艰苦卓绝的性格大概和那山川的形势有关。季淑的祖父程公讳鹿鸣，字苹卿，早岁随经商的二伯父到了京师。下帷苦读，场屋连捷，后实授直隶省大名府知府，勤政爱民，不义之财一芥不取，致仕时囊橐以去者仅万民伞十余具而已。其元配逝时留下四女七子，长子讳佩铭，字兰生，即季淑之父。后再续娶，又生二子。故程府人丁兴旺，为旅食京门一大家族。季淑之母吴氏，讳浣身，安徽歙县人，累世业茶，寄籍京师。季淑之父在京经营笔墨店程五峰斋，全家食指浩繁，生活所需皆取给于是，身为长子者，为家庭生计而牺牲其读书仕进。季淑之母位居长嫂，俗云"长嫂比母"，于是操持家事，艰苦备尝，而周旋于小姑、小叔之间，其含辛茹苦更不待言。科举废除之后，笔墨店之生意一落千丈，程五峰斋终于倒闭。季淑父只身走关外，不久殁于客中。时季淑尚在髫龄,年方九岁,幼年失怙,打击终身。季淑同胞五人,大姐孟淑长季淑十一岁,适丁氏,抗战期间在川尚曾晤及,二姐仲淑、兄道立、弟道宽则均于青春有为之年死于肺痨。与母氏始终相依为命者,惟季淑一人。

季淑的祖父,六十岁患瘫痪,半身不遂而豪气未减,每天看报,看到贪污枉法之事,就拍桌大骂,声震屋瓦。雅好美食,深信"七十非肉不饱"之义,但每逢朔望,则又必定茹素为全家祈福,茹素则哽咽不能下咽,于是非嫌油少,即怪盐多。有一位叔父乘机进言:"曷不请大嫂代表茹素,双方兼顾?"一方是"心到神知"之神,一方是非肉不饱的老者。从此我的岳母朔望代表茹素,直到祖父八十寿终而后已。叔父们常常宴客,宴客则请大嫂下厨,家里虽有厨师,佳肴仍需亲自料理,灶前伫立过久,足底生茧,以至老年不良于行。平素家里用餐,长幼有别,男女有别,媳妇、孙女常常只能享受一些残羹剩炙。有一回,一位叔父扫除房间,命季淑抱一石屏风至户外拂拭,那时她只有十岁光景,出门而踣,石屏风破碎。叔父大怒,虽未施夏楚,但诃责之余,复命长跪。

季淑从小学而中学而国立北京女高师之师范本科,几乎在饔飧不继的情形之下,靠她自己努力奋斗而不辍学,终于一九二一年六月毕业。从此她离开了那个大家庭,开始她的独立的生活。

三

季淑于女高师的师范本科毕业之后,立刻就得到一份职业。由于她的女红特佳,长于刺绣,她的一位同学欧淑贞女士任女子职业学校校长，约她去担任教师。我就是在这个时候认识她的。

我们认识的经过是由于她的同学好友黄淑贞(湘翘)女士的介绍，"取妻如何，匪媒不得"。淑贞的父亲黄运兴先生和我父亲是金兰之交，他是湖南沅陵人，同在京师警察厅服务，为人公正、率直而有见识，我父亲最敬重他。我当初之投考清华学校也是由于这位父执之极力怂恿。其夫人亦是健者，勤俭耐劳，迥异庸流。淑贞在女高师体育系，和季淑交称莫逆，我不知道她怎么想起把她的好友介绍给我。她没有直接把季淑介绍给我。她是浼她母亲(父已去世)到我家正式提亲作媒。我在周末回家时，在父亲书房桌上信斗里发现一张红纸条，上面恭楷写着："程季淑，安徽绩溪人，年二十岁，一九〇一年二月十七日寅时生。"我的心一动。过些日我去问我大姐，她告诉我是有这么一回事，并且她说已陪母亲到过黄家去相亲，看见了程小姐。大姐很亲切的告诉我说："我看她人挺好，蛮斯文的，双眼皮，大眼睛，身材不高，腰身很细，好一头乌发，挽成一个髻堆在脑后，一个大篷覆着前额。我怕那篷下面遮掩着疤痕什么的，特地搭讪着走过去，一面说着'你的头发梳得真好'，一面掀起那发篷看看……"我赶快问："有什么没有？"她说："什么也没有。"我们哈哈大笑。

事后想想，这事不对，终身大事须要自作主张。我的两个姐姐和大哥都是凭了媒妁之言和家长的决定而结婚的。这时候是五四运动后两年，新的思想打动了所有的青年。我想了又想，决定自己直接写信给程小姐问她愿否和我做个朋友。信由专差送到女高师，没有回音，我也就断了这个念头。过了很久，时届冬季，我忽然接到一封匿名的英文信，告诉我"不要灰心，程小姐现在女子职业学校教书,可以打电话去直接联络……"等语。朋友的好意真是可感,我遵照指示,大胆的拨了一个电话给一位凤未谋面的小姐。

季淑接了电话,我报了姓名之后,她一惊,半晌没说出话来。我直截了当的要求去见面一谈,她支支吾吾的总算是答应我了。她生长在北京,当然说的是道地的北京话,但是她说话的声音之柔和清脆是我所从未听到过的。形容歌声之美往往用"珠圆玉润"四字,实在是非常恰当。我受了刺激,受了震惊,我在未见季淑之前先已得到无比的喜悦。莎士比亚在《李尔王》五幕三景有一句话:

> *Her voice was ever soft,*
> *Gentle and low, an excellent thing in woman.*
> 她的言语总是温和的,
> 轻柔而低缓,是女人最好的优点。

好不容易熬到会见的那一天!那是一个星期六午后,我只有在周末才能进城。由清华园坐人力车到西直门,约一小时,我特别感觉到那是漫漫的长途。到西直门换车进城。女子职业学校在宣武门外珠巢街,好荒凉而深长的一条巷子,好像是从北口可以望到南城根。由西直门走了半个多小时,终于找到了这条街上的学校。看门的一个老头引我进入一间小小的会客室。等了相当长久的时间,一阵唧唧哝哝的笑语声中,两位小姐推门而入。这两位我都是初次见面。黄小姐的父亲我是见过多次的,她的相貌很像她的父亲，所以我立刻就知道另一位就是程小姐。但是黄小姐还是礼貌的给我们介绍了。不大的功夫，黄小姐托故离去，季淑急得直叫："你不要走，你不要走！"我们两个互相打量了一下，随便扯了几句淡话。季淑确是有一头乌发，如我大姐所说，发髻贴在脑后，又圆又凸，而又亮晶晶的，一个松松泡泡的发篷覆在额前。我大姐不轻许人，她认为她的头发确实处理得好。她的脸上没有一点脂粉，完全本来面目，她若和一些浓妆艳抹的人出现在一起，会令人有异样的感觉。我最不喜欢上帝给你一张脸而你自己另造一张。季淑穿的是一件灰蓝色的棉袄，一条黑裙子，长抵膝头。我偷眼往桌下一看，发现她穿着一双黑绒面的棉毛窝，上面凿了许多孔，系着黑带子，又暖和又舒服的样子。衣服、裙子、毛窝，显然全是自己缝制的。她是百分之百的一个朴素的女学生。我那一天穿的是一件蓝呢长袍，挽着袖口，胸前挂着清华的校徽，穿着一双棕色皮鞋。好多年后季淑对我说，她喜欢我那一天的装束，也因为那是普通的学生样子。那时候我照过一张全身立像，我举以相赠，季淑一直偏爱这张照片，后来到了台湾，她还特为放大，悬在寝室。我在她入殓的时候把这张照片放进棺内，我对着她的尸体告别说："季淑，我没有别的东西送给你，你把你所最喜爱的照片拿去吧！它代表我。"

短暂的初次会晤大约有半小时。屋里有一个小火炉，阳光照在窗户纸上，使小屋和暖如春。这是北方旧式房屋冬天里所特有的一种气氛。季淑不是健谈的人，她有几分矜持，但是她并不羞涩。我起立告辞，我没有忘记在分手之前先约好下次会面的时间与地点。

下次会面是在一个星期后，地点是中央公园。人类的历史就是由一个男人一个女人在一个花园里开始的。中央公园地点适中，而且有许多地方可以坐下来休息。唯一讨厌的是游人太多，像来今雨轩、春明馆、水榭，都是人挤人、人看人的地方，为我们所不取。我们愿意找一个僻静的亭子、池边的木椅或石头的台阶。这种地方又往往为别人捷足先登或盘据取闹。我照例是在约定的时间前十五分钟到达指定的地点。和任何人要约，我也不愿迟到。我通常是在水榭的旁边守候，因为从那里可以望到公园的门口。等人是最令人心焦的事，一分一秒的耗着，不知看多少次手表，可是等到你所期待的人远远的姗姗而来，你有多少烦闷也丢到九霄云外去了。季淑不愿先我而至，因为在那个时代，一个年轻女子只身在公园里踱着是会引起麻烦来的。就是我们两个并肩在路上行走，也常有些不三不四的人在吹口哨。

　　有时候我们也到太庙去相会。那地方比较清静，最喜的是进门右手一大片柏树林，在春暖以后有无数的灰鹤停驻在树颠，嘹唳的声音此起彼落，有时候轰然振羽破空而去。在不远处设有茶座，季淑最喜欢鸟，我们常常坐在那里对着灰鹤出神。可是季节一过，灰鹤南翔，这地方就萧瑟不堪，连坐的地方也没有了。北海当然是好去处，金鳌玉蛛的桥我们不知走过多少次数；漪澜堂是来往孔道，人太杂沓；五龙亭最为幽雅；大家挤着攀登的小白塔，我们就不屑一顾了。电影偶然也看，在"真光"看的飞来伯主演的《三剑客》。丽琳·吉施主演的《赖婚》至今印象犹新，其余的一般影片则我们根本看不进去。

　　清华一位同学戏分我们一班同学为九个派别，其一曰"主日派"，指每逢星期日则精神抖擞整其衣冠进城去做礼拜，风雨无阻，乐此不倦，当然各有各的崇拜偶像，而其衷心向往、虔心归主之意则一。其言虽谑，确是实情。这一派的人数不多，因为清华园是纯粹男性社会，除了几个洋婆子教师和若干教师眷属之外，看不到一个女性。若有人能有机缘进城会晤女友，当然要成为令人羡慕的一派。我自度应属于此派。可怜现在事隔五十余年，我每逢周末又复怀着朝圣的心情去到槐园墓地，捧着一束鲜花去做礼拜！

不要以为季淑和我每周小聚是完全无拘无束的享受。在我们身后吹口哨的固不乏人，不吹口哨的人也大都对我们投以惊异的眼光。这年轻轻的一男一女，在公园里彳亍而行，喁喁而语，是做什么的呢？我们格于形势，只能在这些公开场所谋片刻的欢晤。季淑的家是一个典型的大家庭，人多口杂。按照旧的风俗，一个二十岁的大姑娘和一个青年男子每周约会在公共场所出现，是骇人听闻的事，罪当活埋！冒着活埋的危险在公园里游憩啜茗，不能说是无拘无束。什么事季淑都没瞒着她的母亲，母亲爱女心切，没有责怪她，反而殷殷垂询，鼓励她，同时也警戒她要一切慎重，无论如何不能让叔父们知道。所以季淑绝对不许我到她家访问，也不许寄信到她家里。我的家简单一些，也没有那么旧，但是也没有达到可以公开容忍我们的行为的地步。只有我的三妹绣玉（后改亚紫）知道我们的事，并且同情我们，帮助我们。她们很快的成为好友，两个人合照过一张像，我保存至今。三妹淘气，有一次当众戏呼季淑为二嫂，后来季淑告诉我，当时好窘，但是心里也有一丝高兴。

事有凑巧,有一天我们在公园里的四宜轩品茗。说起四宜轩,这是我们毕生不能忘的地方。名为四宜,大概是指四季皆宜,"春有百花秋有月,夏有凉风冬有雪"。四宜轩在水榭对面,从水榭旁边的土山爬上去,下来再钻进一个乱石堆成的又湿又暗的山洞,跨过一个小桥便是。轩有三楹,四面是玻璃窗。轩前是一块平地,三面临水,水里有鸭。有一回冬天大风雪,我们躲在四宜轩里,另外没有一个客人,只有茶房偶然提着开水壶过来。在这里,我们初次坦示了彼此的爱。现在我说事有凑巧的一天是在夏季,那一天我们在轩前平地的茶座休息,在座的有黄淑贞。我突然发现不远一个茶桌坐着我的父亲和他的几位朋友。父亲也看见了我,他走过来招呼,我只好把两位小姐介绍给他。季淑一点也没有忸怩不安,倒是我觉得有些局促。我父亲代我付了茶资,随后就离去了。回到家里,父亲问我:"你们是不是三个人常在一起玩?"我说:"不,黄淑贞是偶然遇到邀了去的。"父亲说:"我看程小姐很秀气,风度也好。"从此父亲不时的给我钱,我推辞不要,他说:"拿去吧,你现在需要钱用。"父亲为儿子着想是无微不至的。从此父亲也常常给我劝告,为我出主意,我们后来婚姻成功多亏父亲的帮助。

一九二二年夏,季淑辞去女职的事,改任石附马大街女高师附属小学的教师。附小是季淑的母校,校长孙世庆原是她的老师,孙校长特别赏识她,说她稳重,所以聘她返校任职。季淑果不负他的期望,在校成为最肯负责的教师之一,屡次得到公开的褒扬。我常到附小去晤见季淑,然后一同出游。我去过几次之后,学校的传达室工友渐感不耐,我赶快在节关前后奉上银饼一枚,我立刻看到了一张笑逐颜开的脸,以后见了我,不等我开口就说:"梁先生您来啦,请会客室坐,我就去请程先生出来。"会客室里有一张鸳鸯椅,正好容两个人并坐。我要坐候很久,季淑才出来,因为从这时候起她开始知道修饰,每和我相见必定盛装。王右家是她这时候班上的学生之一。抗战爆发后我在天津罗努生、王右家的寓中下榻旬余日,有一天右家和我闲聊,她说:

"实秋你知道么,你的太太从前是我的老师?"

"我听内人说起过,你那时是最聪明美丽的一个学生。"

"哼,程老师是我们全校三十几位老师中之最漂亮的一位。每逢周末她必定盛装起来,在会客室晤见一位男友,然后一同出去。我们几个学生就好奇的麇集在会客室的窗外往里窥视。"

我告诉右家,那男友即是我。右家很吃一惊。我回想起,那时是有一批淘气的女孩子在窗外唧唧嘎嘎。我们走出来时,也常有蹦蹦跳跳的孩子们追着喊:"程老师,程老师!"季淑就拍着她们的脑袋说:"快回去,快回去!"

"你还记得程老师是怎样的打扮么?"我问右家。

右家的记忆力真是惊人。她说:"当然。她喜欢穿的是上衣之外加一件紧身的黑缎背心,对不对?还有藏青色的百褶裙。薄薄的丝袜子,尖尖的高跟鞋。那高跟足有三寸半,后跟中细如蜂腰,黑绒鞋面,鞋口还锁着一圈绿丝线……"

我打断了她的话:"别说了,别说了,你形容得太仔细了。"

于是我们就泛论起女人的服装。右家说:

"一个女人最要紧的是她的两只脚。你没注意么,某某女士,好好的一个人,她的袜子好像是太松,永远有皱褶,鞋子上也有一层灰尘,令人看了不快。"

我同意她的见解,我最后告诉她莎士比亚的一句名言:"她的脚都会说话。"(见《脱爱勒斯与克莱西达》第四幕第五景)

右家提起季淑的那双高跟鞋,使我忆起两件事。有一次我们在公园里散步,后面有几个恶少紧随不舍,其中有一个人说:"嘿,你瞧,有如风摆荷叶!"虽然可恶,我却觉得他善于取譬。后来我填了一首《卜算子》,中有一句"荷叶迎风舞",即指此事。又有一次,在来今雨轩后面有一个亭子,通往亭子的小径都铺满了鹅卵石,季淑的鞋跟陷在石缝中间,扭伤了踝筋,透过丝袜可以看见一块红肿,在亭子里休息很久我才搀扶着她回去。

"五四"以后,写白话诗的风气颇盛。我曾说过,一个青年,到了"怨黄莺儿作对,怪粉蝶儿成双"的时候,只要会说白话,好像就可以写白话诗。我的第一首情诗,题为《荷花池畔》,发表在《创造季刊》,记得是第四期,成仿吾还不客气的改了几个字。诗没有什么内容,只是一团浪漫的忧郁。荷花池是清华园里唯一的风景区,有池有山有树有石栏,我在课余最喜欢独自一个在这里徘徊。诗共八节,节四行,居然还凑上了自以为是的韵。我把诗送给父亲看,他笑笑避免批评,但是他建议印制自己专用的诗笺,他负责为我置办,图案由我负责。这是对我的一大鼓励。我当即参考图籍,用双钩饕餮纹加上一些螭虎,画成一个横方的宽宽的大框,框内空处写诗。由荣宝斋精印,图案刷浅绿色。朋友们写诗的人很多,谁也没见过这样豪华的壮举。诗,陆续作了几十首,我给我的朋友闻一多看,他大喜若狂,认为得到了一个同道的知己。

我的诗稿现已不存,只是一多所做《〈冬夜〉评论》一文里引录了
我的一首《梦后》,诗很幼稚,但是情感是真的:

"吾爱啊!

你怎又推荐那孤单的枕儿,

伴着我眠,偎着我的脸?"

醒后的悲哀啊!

梦里的甜蜜啊!

我怨雀儿,

雀儿还在檐下蜷伏着呢!

他不能唤我醒——

他怎肯抛弃了他的甜梦呢?

"吾爱啊!

对这得而复失的馈礼,

我将怎样的怨艾呢?

对这缥缈浓甜的记忆,

我将怎样的咀嚼哟!"

孤零零的枕儿啊!

想着梦里的她,

舍不得不偎着你;

她的脸儿是我的花,

我把泪来浇你!

不但是白话，而且是白描。这首诗的故实是起于季淑赠我一个枕套，是她亲手缝制的，在雪白的绸子上，她用抽丝的方法在一边挖了一朵一朵的小花，然后挖出一串小孔穿进一根绿缎带，缎带再打出一个同心结。我如获至宝，套在我的枕头上，不大不小正合适。伏枕一梦香甜，蘧然惊觉，感而有作。其实这也不过是《诗经》所谓"寤寐无为，辗转伏枕"的意思。另外还有一首《咏丝帕》，内容还记得，字句记不得了。我与季淑约会，她从来不曾爽约，只有一次我候了一小时不见她到来。我只好懊丧的回去，事后知道是意外发生的事端使她迟到，她也是怏怏而返。我把此事告诉一多，他责备我未曾久候，他说："你不知道尾生的故事么？《汉书·东方朔传》注：'尾生，古之信士，与女子期于桥下，待之不至，遇水而死。'"这几句话给了我一个启示，我写一首长诗《尾生之死》，惜未完成，仅得片断。

四

两年多的时间过得好快，一九二三年六月我在清华行毕业礼，八月里就要放洋，这在我是一件很忧伤的事。我无意到美国去，我当时觉得要学文学应该留在中国，中国的文学之丰富不在任何国家之下，何必去父母之邦？但是季淑见事比我清楚，她要我打消这个想法，毅然准备出国。

行毕业礼的前些天，在清华礼堂晚上演了一出新戏《张约翰》，是顾一樵临时赶编的。戏里面的人物有两个是女的，此事大费踌躇，谁也不肯扮演女性。最后由吴文藻和我自告奋勇才告解决。我把这事告诉季淑，她很高兴。在服装方面向她请教，她答应全力帮助，她亲手为我缝制，只有鞋子无法解决，季淑的脚比我小得太多。后来借到我的图画教师、美籍黎盖特小姐的一双白色高跟鞋，在鞋尖处塞了好大一块棉花才能走路。我邀请季淑前去观剧，当晚即下榻清华，由我为她预备一间单独的寝室。她从来没到过清华，现在也该去参观一次。想不到她拒绝了。我坚请，她坚拒。最后她说："你若是请黄淑贞一道去，我就去。"我才知道她需要一个伴护。那一天，季淑偕淑贞翩然而至。我先领他们绕校一周，在荷花池畔徘徊很久，在亭子里休息，然后送她们到高等科大楼的楼上我所特别布置的一间房屋。那原是学生会的会所，临时送进两张钢丝床。工友送茶水，厨房送菜饭，这是一个学生所能做到的最盛大的招待。在礼堂里，我保留了两席最优的座位。戏罢，我问季淑有何感受，她说："我不敢仰视。"我问何故，她笑而不答。我猜想，是不是因为"良人者所仰望而终身也，今若是"。好久以后问她，她说不是："我看你在台上演戏，我心里喜欢，但是我不知为什么就低下了头，我怕别人看我！"

清华的留学官费是五年，三年期满可以回国就业实习，余下两年官费可以保留，但实习不得超过一年。我和季淑约定，三年归来结婚。所以我的父母和我谈起我的婚事，我便把我和季淑的成约禀告。我的父母问我要不要在出国之前先行订婚，我说不必，口头的约定有充足的效力。也许我错误了。也许先有订婚手续是有益的，可以使我安心在外读书。

季淑的弟弟道宽在师大附中毕业之后，叔父们就忙着为他觅求职业。正值邮局招考服务人员，命他前去投考，结果考取了。

176

季淑不以为然,要他继续升学。叔父们表示无力供给,季淑就说她可以担负读书费用。事实上季淑在女师附小任教的课余时间尚兼两个家馆,在董康先生、钟炳芬先生家里都担任过西席,宾主相得,待遇优厚,所以她有余力一面侍奉老母,一面供给弟弟,虽然工作劳累,但她情愿独力担起弟弟就学的负担。但是叔父们不赞成,明言要早日就业,分摊家用。他本人也不愿累及胞姐,乃决定就业。那份工作很重,后来感染结核之后力疾上班,终于不起。道宽就业不久,更严重的问题逼人而来。叔父们要他结婚,季淑乃挺身抗议,以为他的年纪尚小,健康不佳,应稍从缓。叔父们的意见以为授室之后才算是尽了提携侄辈的天职,于心方安;同时冷言讥诮:"是不是你自己想在你弟弟之先结婚?"道宽怯懦,禁不起大家庭的压迫,遂遵命结婚。妻李氏,人很贤淑,不幸不久亦感染结核症相继而逝。

也许是一年多来我到石附马大街去的回数太多了一点,大约五六十次总是有的。学生如王右家只注意到了程老师的漂亮,同事当中有几位有身世之感的人可就觉得看不顺眼。渐渐有人把话吹到校长孙世庆的耳里。孙先生头脑旧一些,以为青年男女胆敢公然缔交出入黉舍,纵然不算是大逆不道,至少是有失师道尊严,所以这一年夏天季淑就没收到续聘书。没得话说,卷铺盖。不同时代的人,观念上有差别,未可厚非。季淑也自承疏忽,不该贪恋那张鸳鸯椅,我们应该无间寒暑的到水榭旁边去见面;所以我们对于孙世庆没有怨言。倒是他后来敌伪时期做了教育局长,晚节不终,以至于明正典刑,我们为他惋惜。季淑决定乘我出国期间继续求学,于是投考国立美术专科学校,专习国画,晚间两个家馆的收入足可维持生活。榜发获捷，我们都很欢喜。

除了一盒精致信笺、信封以外，我从来没送过她任何东西。我深知她的性格，送去也会被拒。那一盒文具，也是在几乎不愉快的情形之下才被收纳的。可是在长期离别之前不能不有馈赠，我在廊房头条太平洋钟表店买了一只手表，在我们离别之前最后一次会晤时送给了她。我解下她的旧的，给她戴上新的，我说："你的手腕好细！"真的，不盈一握。

季淑送我一幅她亲自绣的《平湖秋月图》，是用乱针方法绣的，小小的一幅，不过 7 寸×10.2 寸，有亭有水有船有树，是很好的一幅图画，配色尤为精绝。在她毕业于女高师的那一年夏天，她们毕业班曾集体作江南旅行，由南京、镇江、苏州、无锡、上海以至杭州，所有的著名风景区都游览殆遍。我们常以彼此游踪所至作为我们谈话的资料。我们都爱西湖，她曾问我西湖八景之中有何偏爱，我说我最喜"平湖秋月"，她也正有同感。所以她就根据一张照片绣成一幅图画给我。那大片的水，大片的天，水草树木，都很不容易处理。我把这幅绣画带到美国，被一多看到，大为击赏。他引我到一家配框店选择了一个最精美而又色彩最调和的框子，悬在我的室中，外国人看了认为是不可想象的艺术作品。可惜半个世纪过后，有些丝线脱跳，色彩褪了不少，大致还是完好的。

我在八月初离开北京。临行前一星期我请季淑午餐，地点是劝业场三楼玉楼春。我点了两个菜之后要季淑点，她是从来不点菜的，经我逼迫，她点了"两做鱼"，因为她偶然听人说起广和居的两做鱼非常可口，初不知是一鱼两做。饭馆也恶作剧，竟选了一条一尺半长的活鱼,半烧半炸,两大盘子摆在桌上,我们两个面面相觑,无法消受。这件事我们后来说给我们的孩子听,都不禁呵呵大笑。文蔷最近在饭馆里还打趣的说:"妈,你要不要吃两做鱼?"这是我们年轻时候的韵事之一。事实上她是最喜欢吃鱼,如果有干烧鲫鱼佐餐,什么别的都不想要了。在我临行的前一天,她在来今雨轩为我饯行,那一天又是风又是雨。我到了上海之后,住在旅馆里,创造社的几位朋友天天来访,逼我给《创造周报》写点东西,辞不获已,写了一篇《苦雨凄风》,完全是季淑为我饯行时的忠实纪录,文中的陈淑即是程季淑。其中有这样的一段:

雨住了。园里的景象异常的清新,玳瑁的树枝缀着翡翠的水叶,荷池的水像油似的静止,雪氅黄喙的鸭儿成群的叫着。我们缓步走出水榭,一阵土湿的香气扑着鼻观;沿着池边的曲折的小径,走上两旁植柏的甬道。园里还是冷清清的。天上的乌云还在互相追逐着。

"我们到影戏院去罢,雨天人稀,必定还有趣……"她这样的提议。我们便走进影戏院。里面的观众果似晨星的稀少,我们便在僻处紧靠着坐下。铃声一响,屋里昏黑起来,影片像逸马一般在我眼前飞游过去,我的情思也似随着像机轮旋转起来。我们紧紧的握着手,没有一句话说。影片忽的一卷演讫,屋里的光线放亮了一些,我看见她的乌黑的眼珠正在不瞬的注视着我。

"你看影戏了没有?"

她摇摇头说:"我一点也没有看进去，不知是些什么东西在我眼前飞过……你呢?"

　　我勉强的笑着说:"同你一样的……"

　　我们便这样的在黑暗的影戏院里度过两个小时。

　　我们从影戏院出来的时候，蒙蒙的细雨又在落着，园里的电灯全亮起来了，照得雨湿的地上闪闪的发光。远远的听见钟楼的咚咚的声音，似断似续的波送过来，只觉得凄凉黯淡……我扶着她缓缓的步到餐馆，疏细的雨滴——是天公的泪点，洒在我们的身上。

　　她平时是不饮酒的，这天晚上却斟满一盏红葡萄酒，举起杯来低声的说:

　　"愿你一帆风顺，请尽了这一杯罢!"

　　我已经泪珠盈睫了，无言的举起我的酒杯，相对一饮而尽。餐馆的侍者捧着盘子，在旁边诧异的望着我们。

　　我们就是这样的开始了我们的三年别离。

*　本篇选自一九七四年台北远东图书公司出版的《槐园梦忆》。

第二辑

国文堂秩序纷乱的真因

我们跨进校门的头一步，举目一望，但见：一条马路，两旁树着葱碧的矮松；马路歧处，一片平坦的草地，在冬天像一块骆驼绒，在夏天像一块绿茵褥，草地尽处便是庞然隆大圆顶红砖的大礼堂。

清华的环境

一　清华园的邻里

我们由北京西直门乘车向西北走,沿着广植官柳的马路,穿过海淀的市街,或是穿行乡间的小径,经由清华园车站,约有十里多路的光景,便到了清华园了。

清华的校门是灰砖砌的,涂着洁白的油质,一片缟素的颜色反映着两扇虽设而常开的铁制黑栅栏门。门前站立着一名守卫的警察。门的弯弧上面镶嵌着一块大理石,石上镌着清那桐写的"清华园"三个擘窠大字。

一条小河绕着园墙的东南两面,正对着校门就是一座宽可十步的石桥,跨在这条汩汩不息的小河上面。桥头是停放车辆的地方,平常有二三十辆人力车排齐了放着,间或也有几匹塞驴拴在木桩上。校门是南向的。我们逆溯着小河西行,便是一条坦直的小马路,路的两旁栽着槐柳,一棵槐间着一棵柳。这些棵树,因为人工修削的缘故,长得异常的圆整高大,树枝子全都交接起来,在夏天的时候,马路上洒满了棋盘块似的树荫。路的左面是小河,右面便是清华的园墙。墙不是砖砌的,却是用石块堆成的,一片灿烂黑黄的颜色就像一张斑斓虎皮一般。枝蔓的"爬山虎"时常从墙里面爬过了墙头,垂在墙外。我们走尽了路头,正是到了园墙的西南角。再走过几步,便到了那断垣摧井瓦砾盈场的圆明园的大门了。这个寂静的颓废的圆明园,便是清华园最密切的西边的近邻。

清华的东北两面,全是农田了——麦田最多,高粱、玉蜀黍、荞麦次之。间或我们也可以看见几块稻田,具体而微的生长着,时常滋满了三角叶片的粗豪的茨菇。麦田有时又种着瘫睡不起的白薯——哦! 一片一片的尽是白薯。在这种田家风景当中,除了农人的泥舍和收获以外,最触人眼帘的要算是那叠叠的堼冢和郁郁的墓林了。

清华的四邻,不过如此:南面是一条小河,西面是圆明园遗址,东北两面是一片茫茫的农田。而清华的比较远些的邻里也颇有几处名胜的地方。过圆明园迤西,飞阁栋宇宏伟瑰丽的颐和园巍然雄立;再往西走,我们可以看见"天下第一泉"的玉泉山,高塔建瓴,插入云霄;再西去,则是翠微矫险的西山了。由清华至西山,约有十余里。由清华南行,直趋车站,再南行数里可抵大钟寺,内有巨钟,列世界巨钟第四。由清华乘火车北行,三小时的功夫可以到八达岭,岭上有万里长城,蜿蜒不断。

清华园是在这样的邻里中间卜居。

二 入校门的第一瞥

我们跨进校门的头一步,举目一望,但见:一条马路,两旁树着葱碧的矮松;马路歧处,一片平坦的草地,在冬天像一块骆驼绒,在夏天像一块绿茵褥,草地尽处便是庞然隆大圆顶红砖的大礼堂。我们且把直射的视线收回,向上面看:离校门十步的所在,立着两棵细高直挺的灌木,好像是守门的两尊铜像;校门西面又是两棵硕大的白杨。且说这两棵白杨,有六丈多高,干有三人合抱那样的粗;在夏秋之交,树叶籁籁的声音像奔涛,像瀑布,像急雨,像万千士卒之鼓噪——我们校内的诗人曾这样的唱了:

有风白杨萧萧着,

没风白杨也萧萧着——

萧萧外园里更没有些个什么。

实在,我们才跨进校门,假如鸦雀若不作响,除了白杨萧萧以外,我们简直听不见什么样的声音了。园里的空气是这般的寂静,这般的清幽!

紧把着校门,一边是守卫处,一边是稽查处和邮政局。守卫处里面有二十几名保安警察,我们从这里经过,时常可以听见警笛的声音吹得呜呜的响,接着便可以看见许多警察鱼贯而出,手里持着短小的黑漆木棒,到晚上就肩着枪,带着灯了,他们的白布裹腿和他们的黑色制服反映着显着格外白净。邮政局外面挂着一个四方的绿漆信箱，门旁钉着"邮政储金处"、"代收电报"、"代售印花税票"的招牌。我们时常可以看见穿着绿衣服的邮差乘着绿色的自行车，带着绿油布的信口袋，驼着背捐着无数的包裹邮件，走进邮局。我们隔着窗子可以看见稽查室里面的样子，桌上放着签名簿、假条等，墙上有置放假牌的木板一块；有时还可以看见一位岸然老者在里面坐着吸水烟。

才跨进校门的人，陡然看见绿葱葱的松，浅茸茸的草，和隆然高起的红砖的建筑，不能不有身入世外桃源的感觉。再听听里面阒无声响的寂静，真足令人疑非凡境了。

三　大学和高等科

我们沿着矮松做篱的小马路北行，东折，途经庚申级建的石座银盘的日晷，便可看见一座红顶灰砖白面的楼，上面横嵌着"清华学堂"四个大字的一块大理石。我们推开大门，便看见挂着一个电表，大如面盆。在楼梯底下立着一个玻璃柜，柜里面放着无数的灿烂琳琅的银杯——大的、小的、高的、矮的、圆的，方的，各式各样的银杯，银杯的光芒直射得令人眼花缭乱。这全是清华运动健儿历年来在运动场上一滴一滴的血汗换来的战利品！

且说这一座楼是凵形的，大门就在左面的角上。这座楼的西边一半是大学和高等科的教室，东边一半是大学学生和高三级学生的寝室。楼有上下两层，但是东边一半又有一个地窖。

我们先看看教室。教室全是至少有两边的窗户，所以光线是异常的充足，空气也极其新鲜。教室大者可容五六十人，小者可容二三十人。这楼上楼下的教室一共有十三间，全是社会科学和文科各部的教室;所以屋里面布置很简单,除了一些排齐的桌椅、讲台、讲桌、绿漆的黑板、字纸篓以外,别无长物了。但是历史学的教室却又不然,各种的模型画片图像点缀得令人目不暇给——我们可以看见罗马建筑和万里长城的模型、武士戕杀白开特主教和凯撒被害的图像、圣罗马和维也那会议后之欧洲的地图。总之,历史学教室简直一个"上下数千年,纵横几万里"的世界的缩本。教室里的桌椅并不一律:有的是一桌一椅作为一个座位;有的是只有一个椅子,但在右手扶手的地方安着一块琵琶形的木板,这块木板的职务便是代替桌子,据说这样的座位是为防学生曲背的危险。教室墙上大概是涂着蓝色的粉,因为这种颜色是合于目光的。汽炉电灯窗帘等等一应俱全。

在教室外甬路的两旁墙壁,悬挂着无数的画片:一半是珂珞版印的中国艺术画,如山水羽毛之类,附以说明标注;一半是西洋古今大建筑之像片,如各著名之礼拜堂及罗马之半圆剧场之类。紧对着楼梯,悬着大总统题颁的"见义勇为"的匾额。楼梯下悬着校长处及各部的通告板。

在这些教室中间夹杂着的楼上有学生会会所,楼下有童子军事务所。学生会会所很宽敞,中间一间会客厅,两边两间小屋供干事部办事之用。童子军事务所里点缀得很热闹,各种小玩艺儿大概是应有尽有了。

我们离开教室,向东走,就到了寝室了,楼上是大一级学生寝室,楼下是高三级一部分学生寝室。寝室的门上,有学生的名牌,写着一个或二、三、四、五、六、八个学生的名字,因为寝室有大小的不同。我们试推开寝室的门,可以看见:几个铺着雪白的被单的铁床，一个衣服架子，几个椅子，几个带着三个抽屉的桌子，一个痰盂，一个字纸篓和些个各式各样大大小小的书架子，几盏五十烛的电灯，几幅白布的窗帘，几个"云片糕"似的汽炉。大概寝室墙上很少是一片空白的，差不多总有些点缀，例如清华校旗、会的旗、西洋画、中国名人的字迹、电影片中的明星照像，等等。电灯上若不覆以中国式之绣幕，大约总用蓝绸围起来。墙是白色的，但是下半截敷以白油漆。楼上楼下的寝室大致相同。

紧对着楼梯悬着直隶省长题赠的"惠泽旁敷"的匾额，和教室那面的匾额遥遥相对。楼上墙上绘着箭形，指着那从未尝用过的太平梯。楼上楼下都有盥室厕所。紧挨着楼梯，楼上有大一级会所，楼下有高三级会所和周刊编辑部经理部。

寝室楼下还有一层地窖。里面的光线和空气，若说不适于人类生活，未免骇人听闻，因为里面除了照像暗室、汽炉蒸锅室以外，还有很多的会所，如孔教会等。

我们现在离开这座楼了。我们已经说过，这座楼是三面的，这三面中间环抱着的是一片草地，草地中间有几块方圆的花圃，沿边植着几株梨树和几株柳槐。草地上除了插着"勿走草地"的木牌以外，还在重要的地方围起带刺的铁丝来。在此边一边就是手工教室、斋务处办公事、信柜室、旧礼堂，自东而西的一排，紧紧地把三面的大楼衔接起来，做成一个四方形，把草地圈在中间。

手工教室只有木工的设备，约有十几份木工的器械，锯木机等各一。介乎手工教室与斋务处之间的有戏剧社、美术社、军乐队的会所。信柜室和斋务处通着，内有几百个小信箱，箱的玻璃门上贴着学生的名号。旧礼堂是可容三百余人的一间屋子，讲台在西首,列着十几排的黄色椅子,墙上悬着几幅图片。

我们再往北走,便看见高等科各级的寝室,寝室一共四排,中间一条走廊,所以每排又分东西两段。向北数第一排是大寝室,可容十余人,第二、三、四排是小寝室,可容四人。青年会和年报社的会所也都在第一排。寝室里面的样子和适才说过的楼上寝室略有不同,这里没有汽炉,这里没有钢丝的铁床,这里的桌子没有三个抽屉,这里的房门镶玻璃,如是而已。

在各排寝室中间,栽着高大的杨柳或洋槐,在夏天的时候,从绿浓的树荫里发出嘶嘶的蝉声。各排寝室的前檐底下种着一排芍药,花开的时候恰似一队脂粉娆妖的女郎;后檐下种着一排玉簪花,落雨的时候叶上发出清脆的声音。仲春时候,柳絮漫舞,侵入寝室的纱窗。

走廊的北头尽处便是高等科食堂。食堂门前,有七八块木质的条告板。食堂里面分两大部分,中间一大部分是普通学生会餐的地方;西边一部分是运动队员会餐的地方,名曰"训练桌"。食堂里摆着红漆八仙桌子,每个桌子贴着八个学生的名条。中间有一个颇易令人误会的柜台,这是庶务处特派员办公的所在。厨房在东面,紧接着食堂。

在寝室的东边,还有一排房间,就是役室、厕所、行李室、理发室、学生盥室。理发室里面有四个座位,所有理发设备,除了香料化妆品以外,一应俱全。

小寝室里面,有些个是会所,如书报社、文学社等。斋务主任办公室和斋务员宿舍也在里面。走廊的北首,悬着斋务主任特办的"暮鼓晨钟"的格言板。

四　图书馆

我们离了大学和高等科，走过一座灰色的洋灰桥，劈头便是一座壬戌级建的喷水池。这喷水池是铜质的，虽然没有任何的雕刻，但是喷起水来好像三炷香似的喷着，汩汩不绝的水声，却也淙然可听。图书馆的两扇铜门便正对着这喷水池。

图书馆的建筑是文艺复兴时期的样式。门前站立着两个铁质的灯台，上面顶着梅花式的电灯。我们拉开铜门进去，便是一个石刻的楼梯。拾级而上，但见四壁辉煌，完全镶着云纹式的大理石。中间是借书柜，前面列着两个玻璃柜保存着美术画片；南面是西文阅书室，四壁布满各种字典百科全书及各种类书杂志；北面是中文阅书室，四壁也是满布类书及杂志。阅书室里摆着长可一丈宽可三尺的楠木桌子，配着有靠背的楠木椅子，每个桌子可坐六个人，两个阅书室共可容二百人。桌上放着硬纸的牌示，上面印着"你知道否在图书馆里说话要低声的规矩？"、"你若找不到你要看的书，图书管理可以帮助你"等等字样。地板完全是用棕色的软木——就是用做酒瓶塞的软木——铺着。三面全有很大的罗马式的窗子，挂着蓝绒的窗帘。

我们下楼，转到楼梯底下，中间有一个饮水池，只要扳动机关，一突清泉便汩汩的涌上来，其味清洌无比。两边是男女厕所各一。对面，一间是装订室，一间是阅报室。装订室里面放着装订书籍的书籍，堆着无数的待订的书籍报纸。阅报室放着两张大桌子，四个报纸架子，有中文报二十几份、英法文报十几份。就在饮水池的地方，南北向有一条甬道，甬道的两旁全是各部教授的公事房,房门玻璃上写着"方言研究室"、"数学研究室"……字样。共有二十几间。

此外还有一个重要的部分,就是书库。书库紧贴着借书楼后面,我们一上楼梯就可看见。书库联起两间阅书室来恰成一个丁字形。书库共有三层,中西文书籍各半,中文书籍在北边一半,西文书籍在南边一半。最低下一层是装订成册的杂志报纸,中间一层是通常用的各种参考书,上面一层是新到的西文书籍、西文小说、德法文书籍及中文图书集成一部。书架子完全是铁质,地板完全是厚玻璃砖做成的。书架前置有电灯,白昼可用。安排书籍悉照杜威氏之十大分类法。

五 中等科

我们出了图书馆,向北望,但见一丛木制的房舍,在密杂的树草中间掩映着,这便是美国教员住所(内中却有一个是中国人);向西望,便是中等科的房舍。

中等科的正门是南向的,正对着东流的小河,一条马路直通到校门。我们进了中等科的正门,便看见校长处通告板,东西向一条甬路,共有教室十二间。教室里的情形和大学高等科的差不多,只是桌子上涂的墨迹刻的刀痕比较多些罢了。离开这一排教室,北行,便是一个庭院。两旁有迤逦的两行走廊,中间一条走路。院里满种着花草树木,有两个芍药的花圃,几株桃杏丁香海棠紫荆之类,花开的时节简直是和遍缀锦绣一般。走路尽处又是一排房舍,当中一间是会客厅,西边两间是教室,东边三间是庶务斋务办公室和信柜室,沿着两边的走廊再往北走,便是三排寝室。头排寝室大些,可容八人一间;后两排则可容四人。但是现在前排没有人住,后两排只是二人一间。寝室门镶着玻璃,屋里布置得都很整齐——或者比高等科的还要齐整。墙上点缀品很多,总不出字画像片之类,间或也有悬着关帝像的。屋中间两份自修的桌椅,临窗又有一个桌子,贴墙两个床。很多桌上放着从大钟寺买来的金鱼。

在第三排寝室中间,便是食堂,门前也有木质的条告板,屋里也有庶务先生特制的一座柜台,八仙桌子只有十几张;所谓"训练桌"者不在食堂里面,在第二排寝室的西头。

寝室的西边还有一排南北向的房舍,就是厕所、役室和消防队办公室。消防队办公室里面,放着灯笼、水枪、水龙、皮带之类;我们时常在下午看见校内警察率领着校役整队的从这里出入。

在第二第三排寝室中间是学生盥室。在第一排寝室中间有饮茶处。第二排东首有学生储蓄银行,规模和营业的银行相仿,只是具体而微罢了。

六 体育馆

我们出了中等科,往西去,便是运动场。运动场的东边有四个网球场,两个手球场,一个箭术场。南边临河有两个篮球场,浪木,秋千。中间是一块空地,在冬天用做足球场,在夏天用做棍球场和田径赛场。西边便是一座庞大的体育馆。

体育馆的前面有用十几根云母石柱建的一座洋台,台上可容百余人站立,上边伸着四个长大的旗杆。在云母石上刻着"纪念罗斯福体育馆"几个金字。洋台底下,中间是正门,两边是上洋台的楼梯。门的一边悬着罗斯福半面像的铜牌；一边悬着清华历来各项运动成绩优者的名牌。洋台的两边，各有一个旁门。我们先从南面的一个旁门进去，迎面便是楼梯，梯旁通着更衣室，里面有几百个铁柜子，为大学和高等科学生更衣之处。从北边的旁门进去，也是有楼梯和更衣室，为中等科学生用的。铁柜子是每人一个，各有钥匙，柜门凿孔，以流空气。两排铁柜中间，有一条宽可六英时的一个条凳。更衣室各有饮水池，味较图书馆者尤美。由更衣室可通健身房、浴室、泅水池、厕所。

健身房的位置在体育馆的中央。四面有门，南北门通更衣室，东门即体育馆正门，西门通泅水池。地板是木质的。房的大小恰好可做一个篮球场，哑铃、木棒、木马、跳板、平行架、水平棒等等运动器械都在四壁放着；爬绳、飞环、铁杠等等，则在房顶上悬着。屋角有两个螺旋楼梯，上面便是跑轨。

浴室内分两部：汽浴和雨浴。汽浴室是一间小屋，四周有大理石的条凳，凳下有热汽管。雨浴室各有喷水龙头八个。泅水池紧挨着浴室，推开浴室门便是泅水池。池长可六十呎，宽可二十呎。一边水深二三呎，一边深十几呎。池的壁底全是大理石，一片白色，注满了水的时候，和海水一般的蓝，但是清可鉴底。池旁有跳板、跳台。

体育馆的北边楼上有拳术室，里面有刀、枪、剑、戟以及一切中国几百年前用的各种武术器械，一应俱全。南边楼上有一间房子，大约是供铜乐队练习——练习音乐——用的。楼上还有一个楼梯，直达一个窗口的地方，从此可以俯览健身房里的动作，了如指掌。

体育馆的西邻便是荒芜不治大与清华园相埒的近春园,内有一个足球场、几个篮球和网球场,紧靠近体育馆。且说这个近春园,面积甚大,预备将来大学建筑之用,所以用围墙圈入了清华园。北部有土山隆起,登高一望,清华园全部尽在眼前,树木葱蕤,郁郁勃勃;西望则西山蜿蜒起伏,一带是青碧,一带是沉紫,颐和园的楼阁,玉泉山的尖塔,宛然如画;北望则圆明园的遗迹,焦土摧墙,杂然乱列;南望则只是近春园的一片芦草荆棘。南部是辟作花窖,培养校内使用的花卉树木。园墙上栽着爬山虎,长得异常茂盛,沿墙又种针松,隔十几步一株。现在这园里还有一些从前学生发园艺狂牧畜狂的遗迹。从前搭起茅屋,种起白菜,养起蜜蜂鸡鸭,现在只看见几堆倾斜的破屋和土上开辟过的痕迹而已。从前学生在土山上挖的地洞,曾在里面做令人猜疑的举动,现在也倾圮了。

七 医院

出体育馆南行,我们要首先看到一座喷水池,池作五角形,灰色的坚石做的,中间矗立石柱,顶上有灯,灯下有孔,水向下喷,池的角上有饮水的水管。这个喷水池是己未级建的。过了喷水池,便到了入天堂必经之路的医院。

医院门东向。里面中间是医药房,房里不消说是小瓶小罐应有尽有。附带着有手术室。在这房里我们可以看见一位忠厚长者美国医生和两位笑容可掬的男看护。斜对门,是眼口鼻耳科的诊疗室。在这房里,有一位短小和蔼的中国医生在小刀小剪中间周旋。

病人的卧室在两旁,分普通病室与传染病室两种,共有十几间。传染病室大概是每人一间,普通病室大概数人一间。房里除床桌以外,别无长物。靠近每个床,墙上置有电铃。传染病室门上时常发现"禁止探视"的条子;在普通病室里桌子上,时常可以看见象棋子围棋子之类的玩艺儿。牛奶豆浆的瓶子,大概哪一个病室里都有。在病床栏上挂着一张诊视单子。

病室里死过人的几间,总多少带几分鬼气,当然这是主观的现象,但是多少人却都是这样的感觉着。

医院南边临河的地方,辟有一块草地,有几个包树皮的椅子,略微种些花草,这大概是预备病人散坐的意思了,但是阒无人迹的时候为多。

八 大礼堂

出医院门,一条笔直的马路,我们沿着路东走到了中等科正门的时候,向南折,便看见一座洋灰桥。桥上有四个壮丽美观的铁灯,这是癸亥级建的。我们过了桥,便到了大礼堂。

礼堂是面向南的,我们初进校门便首先望到了。是罗马式与希腊式的混合建筑。礼堂的正面(facade)是四根汉白玉制的石柱,粗可二人合抱,高可两三丈。四根柱子中间,是三个亮闪的铜门。门前左右两个灯台,两根高可六七丈的旗竿在两边立着。建筑的上面是一个铜质的圆顶。这个礼堂外面并没有任何的装饰,如雕刻石像花纹等等,但是却也有一种雄巍的气象。

我们进了门,左右两边有售票的窗口,还有上楼的楼梯。前面是三个皮门,我们进了这二重门便到了礼堂的内部了。一间广大的会场!楼下可容千余人,楼上亦可容千人。地板是软木做的,后面高,前面低,成倾斜形。硬木的椅子摆成整齐的行列,椅子底子安着热汽管。

讲台正对着大门,宽可四五丈,深可一丈。台上悬着二十几匹褐色纺绸缀成的幕帘。台的里面全是赭色木雕的板墙。讲台后面,左右各有空屋几间,可做演戏化妆室用。在对面楼上,有电影机室,光线直射到台幕上。

在礼堂里,我们看不见柱子,只见四个大弯弧架着上面盖覆的圆顶。圆顶里面作蓝色,在四个角上安置着千余烛的反射电灯。夜晚时候,灯光齐射到圆顶上去,再反照下来,全场明亮。

在台幕上边的墙上,雕着一个圆形的图像,里面写着几个隶书大字,这便是清华的校训:"厚德载物,自强不息。"

九　科学馆

我们出了礼堂,在东边看见高等科,在西边就看见科学馆了。且说科学馆因为太科学的缘故,所以便不怎样美观,远远望过去,只像是一个养鸽子的巢房——一个一个的小窗洞。这是一座三层楼的建筑,红砖上略微有些绿"爬山虎"的叶子,倒还可以减少一点单调。屋顶是石板做的,在阳光底下照得很亮。门是铜质的,上面门框上刻着"科学"二字,门旁墙上有两盏铜灯。一进门墙上有气象报告的牌子,前边便是楼梯,旋绕着可以直上第三层楼。不远,我们可以看见升降机的地方,但是只有一个空隙,机器还不知在哪里哩。

最低下一层的房间，和科学不发生密切的关系，因为只是校长室、文案处、庶务处、中西文主任处、文具室、注册部、会计处等办公的所在。紧挨着校长室，是一间会客厅，里面陈设很整齐，一盆文竹几盆花卉点缀在桌上，墙上悬着校内风景片。会计处俨然有银行的神气，柜台上立起铜栏，"付款处"、"交款处"……小牌子挂在上边。在房门上都各标明了其办公处的字样。打字机的声音大概在那一个门外都可听见。在甬路中间，立着校长特置的学生建议箱，听说箱里面发现东西的时候很少。

第二层楼是一间讲演室，一间绘图室，两个物理试验室。讲演室是物理学与普通科学用的。绘图室里中间一个大桌子，周围有些个小圆凳子，这是为用器画和几何学用的。物理试验室一个是初级，一个是高级的。里面摆满了各种声光电学的试验器械。还有一间测量学教室。

第三层楼上是两间讲演室，一个生物学试验室，两个化学试验室。讲演室一为化学用，一为生物学用。生物学试验室免不了二十几个显微镜和些个酒精浸着的标本。化学试验室，一是初级，一是高级的。我们只消在门外经过一回，嗅着各种不妙的气味，就要掩鼻而走，想来屋里面也不外乎一些玻璃瓶玻璃管玻璃灯玻璃片玻璃盆之类罢了。

科学馆楼下有风扇室，里面的风扇活动起来，全科学馆的空气都可以流通，可以彻底的把各个屋里的空气淘换干净。

十 工字厅与古月堂

科学馆的西边，隔着一条小河，便是工字厅，工字厅的西边便是古月堂。工字厅是西文部教授住的地方,古月堂是国文部教授住的地方。

工字厅的大门面向南,完全是中国旧式的建筑。门上悬着清咸丰御笔"清华园"三字的匾额,金字朱印,辉煌可观。门前两尊石狮,狞目张口,栩栩欲活。门旁一边张挂着条告板,一边钉着"纪念校长唐国安君"的铜牌。我们踱进门去,只听得啾啾的山雀在参天的古柏上叫着,静悄悄的没有动静。西行便到了校内电话司机处。左右有厢房,有跨院,都是教员住的地方。我们照直北进,穿过穿堂门,便到了一个很美丽的庭院。院里有一座玲珑的假山石,上面覆满了密丛丛的"爬山虎"。假山石前栽着两池硕大的牡丹,肥壮无比。院子东西两旁全是曲折的回廊。我们穿过这个院子北走,就真到了名实相符的工字厅了。几间殿宇式的房间,两排平行,中间用一段走廊联起来,恰好成为"工"字,故名。前工字厅东边一半是音乐教室,里面有一个钢琴,许多椅子,一张五线的黑板。西边一半是教员的阅报室。我们穿过走廊北去,便是后工字厅,这是学校各机关团体俱乐的地方,里面有西式的讲究的布置。推开后工字厅的窗子北望便是荷花池了。

后工字厅的西边有西工字厅,这是来宾暂住的地方,从前梁任公担任讲师时即住于此。屋前有两棵紫藤树,爬满了阖院子大的架子。此外还有些个小跨院,全是教员住所了。

古月堂较工字厅为小。门旁有几棵马尾松长得非常的葱茏。门前有一个篮球场,里面是中间一个大院,左右各有小院。油印讲义的地方就附属在这里的役室里。古月堂的后边有两个网球场。

工字厅前面,是一条小河,过了石桥便是一条马路,马路的两旁是一片浓密的树林,林里的草长得可以到一人多高。马路尽处,西折,便是校长住宅、从前的副校长住宅和工程师住宅。

十一 电灯厂与商店

电灯厂在清华园的东南角上,我们在园外就可以望到那耸入天际的烟囱了。这个烟囱是砖制的,高有五六十尺;傍晚的时候我们可以听见汽机突突的声音从这个角上发出来,烟囱顶上开出一朵一朵的黑牡丹。厂里面有发电机四部,计开 14K.V.A.一部、70K.V.A.二部、140K.V.A.一部,可供六千盏电灯之用。现在校内共有大小电灯四千三百八十四盏,每天约用煤五吨。

离电灯厂不远,西去几十码的地方便有一所房子,里面有售品公社、京华教育用品公司、鞋铺、成衣铺、木厂。售品公社是学生教职员集股办的,里面大概分四部分:食品部、用品部、文具部、兑换部。食品部贩卖点心水果饮料之类,用品部有日用之牙粉手巾等等。京华公司由北京分来,承办各种课本书籍,附售文具。鞋铺专做皮鞋、帆布鞋和体育馆用的鞋。成衣铺则以竹布衫、白帽子为营业大宗。木厂则似乎集中精力于制造桌椅。

在中等科厨房后面,还有一个木厂和成衣铺,在营业上无形中有了竞争。

十二 荷花池

工字厅的背后就是荷花池,这里是清华园里最幽绝的地方。

池宽东西有二百尺,南北有一百尺。工字厅后面展出一座石台,做了池的南岸,北岸西岸是一带的土山,东岸是一座凉亭。池的四围全栽着摇曳的杨柳，拂着水面。荷花池的景象，四时不同，各臻其妙。在冬天，池水凝冰，光滑如镜，滑冰的人像燕子似的在上面飞攫，土山上的树全秃了，松柏也带了一层黯淡的颜色。在春天，坚冰初融，红甲纱裙的金鱼偶尔的浮到水面，池水碧绿得和油一般，岸上的丁香放了蓓蕾，杨柳扯了绿线。在夏天，满池荷花，荷叶大得像车轮似的，岸上草茵茸茸，蝉在树上不住的叫，一阵一阵的薰风吹送着沁人的荷香。在秋天，残荷萧瑟，南岸上的两株枫树，叶红如茶，金风吹过池面，荷叶沙沙作响。四时的景象真是变化不绝。

四角的凉亭，周围全是堆砌的山石，几株丁香凤尾草环绕着。亭里面有木座，我们在月明风清之夕，或是夕阳回射的时候，独在这里徜徉徘徊运思游意，当得到无穷尽的灵感与慰藉。对岸伞形的孤松，耸入云际，倒影悬在水里，有风的时节，像蚯蚓一般的动摆起来。翘首西望，一带的青山在树从顶线上面横着。翻跃的鲤鱼在池心不时的跳动。这是何等清幽的所在哟！

亭子的东边是一条小河，河的对岸土丘上便是钟阁。里面悬着一口径可四尺余的巨钟，钟上生满了一层绿色，古色斑斓。这是清华园报时辰的钟，每半小时敲一次，钟声远及海淀。钟上刻着这几个字：

　　　大明嘉靖甲午年五月□①日阜城门外三里河池水村御马监太监麦造。

---

① 此字原文字迹不清。——编者

我们离开凉亭,踱过小板桥,登土山。土山上生满高可参天的常青树,径上落了无数的柏实松针之类。假山石在土山上错落的堆着,供了行人息足之用。西行尽处,一根独木桥横跨在小河上。过了独木桥,仍是土山,从这里向东望,只见绿荫的树影里藏着一座玲珑透剔的冷亭,映着礼堂的红墙铜顶。

我们若要描述这荷花池的景象,只消默记工字厅后廊上悬着的一个匾额,上面是四个大字:

水木清华

后廊柱上悬着的一副楹联,这样的两句:

　　槛外山光,历春夏秋冬,万千变化,都非凡境;窗中云影,任东西南北,去来潆荡,洵是仙居。

＊　本篇原载于一九二三年四月二十八日《清华周刊》第二七九期,署名梁治华。

国文堂秩序纷乱的真因

前几天上体育课的时候，马约翰先生向学生演说了一分钟，他说：现在清华国文堂秩序纷乱的情形，已然蜚声校外，无人不知，宜加注意等语。我想国文堂的事情，竟劳体育教授说话，可见这件事体是非常重大，我不能不说几句话。

溯本追源，清华国文之所以腐败，由来有渐，非一朝一夕之故也！而讨论这个问题的人，又率多偏见，责人重而责己轻，于是学生说教员饭桶，教员说学生缺德，互相攻讦，殆永无改进。其实都是半斤八两，此种片面的论调，亦大可以休矣！区区虽不幸也在漩涡之中，但尚能跳出圈外，作冷眼旁观，撇除成见，拟空中鸟瞰。

注意国文堂的大人先生们，幸垂鉴焉！

话要干脆,清华国文堂之所以秩序纷乱的真因,有三:

(一)学校当局的措置糊涂;

(二)教员的不够资格;

(三)学生奴隶性的根深蒂固。

要学生注重国文,先要学校当局注重国文。清华国文部的分数与英文部的分数是独立的,各不相干,此乃大误特误之点,使清华国文堂腐败者此其主因也!既云中英文并重,则为什么不于毕业的时候,把中英文的分数合一炉而冶之? 必欲同居异爨,当然要致偏枯。须知分数是学生的性命(考试制度不废除,这是当然的实在的情形,天经地义,无人能驳的),性命岂可分作两半? 似此强分畛域,实古今所少有,中外所罕闻! 此中的利弊,有脑筋的人请细想想,不用我多说。假如学校当局对于别项事业处置得尽善尽美,而对于处置国文部的糊涂办法,我是至死不能饶恕的!

催眠术可以使人睡觉,我想这总不能算骇人听闻的话;清华国文教员擅此术者颇不乏人。于吃饱午饭以后,静听永无变调的死讲,则除非每人买一把锥子实行刺股以外,实在不能抵住催眠的法力。学生的功课受教员的考试,以资甄别,不知教员授课的成绩,也有人查考没有?若是学生,以幼稚园的程度来清华求学,大概是笑话;若是教员呢,又何尝不然!国文教员,却也有过几次甄别,只可惜被甄别的大半是较好些的。一代不如一代,唉!

做教员要有两个条件, 一是要自己有学问, 二是要懂教授法。孔子曰:吾日三省吾身。吾愿清华国文教员于每年暑假开始的时候一省其身,对于我们所说的两个条件,自己觉得怎样? 如愧是区区,所最希望的,如觉不甚妥则最好于□□□①位以外少批评学生的轻视国文。

现在要论到学生了!

凡是国文堂捣乱的都是英文堂上的好学生。凡是在英文堂拍教员马屁的都是国文堂上的教员的仇敌。在国文堂看英文书的,未必有几个敢在英文堂看国文书。这全是清华学生人格的特征。其实唱青衣何妨于英文堂中唱之?吃花生何妨于英文堂中吃之? 睡觉于英文堂中睡之?

严格论来,唱青衣,吃花生,睡觉……皆不是完全学生的罪恶;学生的大错处只在戏弄国文教员。假如国文教员都穿上洋装,我想至少可以赢得英文堂上的好学生的尊敬。不捣乱固是最好,若欲捣乱请先从英文堂上捣起!否则我说学生的奴隶性根深蒂固,是丝毫不错的。

至于究竟怎样国文堂的元气才能恢复, 则不在本篇范围以内,本篇只是诊定病源的所在。不过我可以附带的说,要打算改良,绝不是那个什么"教室巡查委员团"所能奏效的。我想巡查委员团大可以断了妄想,看准了病源再治病。

* 本篇原载于一九二二年二月二十四日《清华周刊》第二三七期,署名秋。

① 此三字原文字迹不清。——编者

同学组织的海燕歌咏队在练唱抗日救亡歌曲

短评一束

一 "……同盟"

随着"基督教学生同盟"产生出了一个"非宗教同盟",二者孰是孰非,姑不去论。不过像这种形式上的铺张,很可令真正的基督教徒生许多的感慨——至少他们要怀疑"青年会式"的基督教是否真正的基督教。我记得从前在学生大会里表决暂借校舍的时候,有一位顾先生演说,口口声声的说:"世界学生同盟……"假如果然只是国际的学生的组合,如顾先生所言;假如并不含有浓厚的"青年会式"的耶教气味,则有人讥此次同盟为"世界人种标本展览会",我亦不能责其犯罪,彼亦可不必求上帝饶恕了。我只可惜燕京大学在海淀附近的那个废园里,现在还没有兴工建筑,否则新建的礼拜堂等等，与此次基督教学生同盟开会最为适宜。

二 法庭

大吹大擂的把"学生法庭"捧出来了！开幕时到会听名人演讲的很多，健忘的人恐怕要记不清楚当初投票表决的时候，究竟有一百几十几个人赞成的。穿八块钱一件的庭服的"大人"，当众宣誓时，似乎可以扶着一本《圣经》以壮观瞻。我不晓得以后法庭对于"出言不逊"的学生有惩治的意思没有？

三 喜棚与春假

礼堂后面搭起喜事席棚，有碍观瞻；春假延长了好几天，有妨学业。

四 请假

出校请假的问题，既然在"中华民国第一个学生法庭"酿成一个小小的官司，很有人认为已然到了我们重新考虑请假规则的时机。我以为斋务处方面应该至少对于下列各点酌量采纳：

（甲）明令宣布嗣后承认（或不承认）补假的办法是合法的手续。

（乙）明令宣布嗣后承认（或不承认）于非假期径行跨出大门买萝卜，是不犯校规。

关于学生方面，也应该翻开《清华一览》看看：有过于束缚的地方没有？不合适的规则，应请求取消。若看不出规则的不合适，或没有勇气要求改革，则最好小心些，教自己的腿千万不要自由行动。

五　校景

学生中破坏校景的至少有两种人:一是走草地的先生们;一是在荷花池畔土丘上搭帐棚的。

到春天,草地上发出柔弱的嫩芽,如有人大踏步的把尊足践上去,则很易令人联想到虎眼狮鸣的汽车在路上撞死年岁数龄的小婴孩,一般的残忍啊!

"背山起楼","煮鹤焚琴","游山喝道"……底下若是添一句:"荷花池畔搭帐棚",我们俗人总应觉得有一般的幽雅。太幽雅了!

不过我这是责备贤者的意思,大德既不逾闲,小德何必出入呢? 至于在庭院草地做厨房,似又另当别论。我们不要学洋厨子那样的破坏校景。

六　狗

高等科食堂里面于会餐时近来屡屡发现一条完完全全的狗。这与在食堂吃饭的人并不发生直接关系;不过狗的主人应该加以约束。教职员公务甚忙,我想大可不必养狗。理发匠养黄雀儿,我是不劝他们不养的,因为这差不多是他们唯一的娱乐品。狗的主人若是不能完全割爱,至少也要设法缩小它的行动范围才好。

七　集稿

集稿之难,难于上青天。平常喜欢指手画脚高谈阔论的人,请他在《周刊》上作论文,大概总是"愧无以应"。集稿员集不到稿时,一急可就不能不自己"挤稿"了。当集稿员是真苦啊!简直痛痛快快的把集稿制废除,从下学期起仍实行编辑制,不知大家以为何如?我想至少当过集稿员的总赞成。

*　本篇原载于一九二二年四月七日《清华周刊》第二四三期。

集稿余谭

一

　　"沿门托钵"的去集稿，唾液虽然不能少费，钉子虽然不能怕碰，而闷气总还是要吃的。集不到稿吗？自己挤呀！可怜十八位集稿员，不久要得"空心病"，比一个礼拜勒令生一个孩子还难过。昨天"天气晴和"，我不免到周刊经理部闲游一番，翻开本学期的《周刊》一看，不禁"怃然心伤"！自二三五期至二四六期，计共三十八篇言论、十七首诗、六篇小说；但是言论的一半，诗的一半，小说的全数，全是集稿员的玩艺儿！我知道，除了斋务长陈绍唐先生以外，对于集稿员有恻隐之心而肯常加施舍的实在是少见得很啊！我把这个情形写出来给大家看，预备下学期改《周刊》为编辑制的张本。

二

"厕所外不可便溺";厕所内也不宜进餐。《周刊》的言论栏不可只带新闻的性质;新闻栏里也最好少发议。界限既分,不可相混。乃近来《周刊》新闻里有许多带教训的新闻,实在有悖新闻学上的原则。物不平则鸣,但是鸣要得其所。鸣非其所,徒惹人厌耳!

三

"柳荫垂钓"是很"雅"的一件事。所以在荷花池边上从事渔业的同学们,吾不愿加以非难。但为成全他们的"雅"起见,我劝他们把钓上来的鱼还照旧的放下水去。因为这样才可算是雅人深致,"在乎山水之间也"!

四

一多君在上期《周刊》里作的《美国化的清华》实在是我许久想作而没有作的一个题目。"美国的教化是铸造天字第一号的机器!"我愿大家——尤其是今年赴美的同学——特别注意,若是眼珠不致变绿,头发不致变黄,最好仍是打定主意做一个"东方的人",别做一架"美国机器"!但是我看到今年赴美学经济的人数之多,不免使我的愿望的热诚低落。

五

打厨房的记过了,用砖头砍纱窗的记过了。但是我很怀疑:

为什么有人公然打定主意要到美国去学习 "科学的秩序的杀人法"——陆军——而没有人非议?唉!唤不醒的"军国民教育救国论"呀!

*　本篇原载于一九二二年五月十九日《清华周刊》第二四八期。

短评二则

一 评北大学生的殴斗

殴斗是争战的本能(instinct of pugnacity)之表现,原是人类所不能免的,但是在越文明越开化的人类里,这种殴斗的事情便该越减少而且要有公理做后盾。本月二日北京大学足球队及观众数百人打伤公证人及本校队员六人,根据王代副校长的报告,乃是确定的事实了。文明人的举动取任何方式都可以,唯独动手打人是绝对的不应该。假如北大学生这次能不逞凶,处处采取正当的办法,我对于他们的人格尚有三四分的信任。可惜事实竟不许我信任他们。

北大学生第二个大错就是打公证人。公证人是北大球队同意聘请的,便应付之以裁判的全权,即或公证人裁判错了,也该绝对服从。尽力竞争，不计胜败，这叫做 sportsmanship，这叫做勇士风。今北大殴打自己聘定的公证人，按理讲，这是自己打自己的嘴巴子，按运动比赛的原理讲，这是 unsportsmanlike。故此北大没有资格加入校际比赛。因为他们尚未有相当的训练。

北大学生有二千多人，那几百人当然不能代表他们全体，但若他们全体没有一个公正的表示，也就足为北大盛名之累了。他们是否有所觉悟反省，我们不得而知。我们清华学生从这件事应得两个教训：

（一）动手打人绝对的不是文明人的行为；我们若遇到愤怒的时候，就要想想北大这次行为之可耻，千万不要逞凶殴人。清华学生绝对的不是北大大学生。

（二）我们以后不要接近好勇斗狠的大学学生。我们应该认为这种学生不可与同群的。再与交际，徒自取辱。

二 男女同校应为清华将来之方针

在清华现在的管理之下，男女同校只是梦想罢了；就是把嘴皮说破了，也不能实现。上期《周刊》新闻栏所载《曹代校长谈话》，所谈的皆是清华将来的进行方针，故此我再陈述男女同校问题的意见，请学校当局注意：清华现在纵然不能实行男女同校，但是必须把男女同校，列为清华将来进行方针之一。

中学应否男女同校，有商量之余地，现在姑且退一步说，高等科也暂且不实行，那么，大学之应男女同校总是天经地义了。据曹校长谈话，五六年后，高三级以上三级为大学。所以我们现在可以说，清华五六年后男女同校是绝对的可能了。我觉得学校当局果有开放女禁的诚意，现在就该着手去预备。既要兴办大学，既欲实行男女同校，一切的设施当然不可因陋就简。若是现在只知筹备添设大学，不作男女同校的准备，等到五六年后，男女同校仍是可望不可即的空中楼阁，那么我看学校当局现在大可明白宣布，清华永远不解女禁，不必对于中华教育改进社的议案加以考虑，学生会的意见又要征求。

我的意思就是：清华现在纵然不能实行男女同校，但是必须把男女同校列为将来进行方针之一。清华将来的校长，现在不知道是谁，若能把男女同校列为方针之一，则是势在必行，可不因个人之好恶，而又有所变更。

* 本篇原载于一九二二年十一月二十四日《清华周刊》第二六七期，署名秋。原文无标题，篇名系编者所加。

学生自治之讨论

问:"学生自治有什么好处?"

答:"学生就应当由学生自治,不自治应当教谁来治?所以我不用说自治有什么好处,先说被治于人有什么坏处。譬如我肚子饿了,请问谁先知道?谁的肚子难过?谁心里顶着急?不消说是我自己了。我自然就要设法往嘴里输入吃食,并且赶快设法,而且还要设好法,因为肚子是我自己的。假如这些事教别人来管……他说我饿,我就算饿;他说我不饿,我就算不饿;他什么时候喂我,我什么时候吃;这就叫被治于人。学生多数不愿受这样待遇,所以要学生自治。'多数学生愿意'就是学生自治的好处!"

问:"但是学生大半是学识不足,甚或有饿了不知道吃同不饿乱吃的情形,那么

'学生自治'岂不是很危险的么？"

答："诚然。不过这不能一概而论。人生在世上，就有脑筋，就有知觉；幼时的脑筋发育得不充足，知觉也不灵敏，这是实情。可是脑筋愈用愈发育得足，知觉也愈用愈灵敏；所以人的幼时愈要有发展个性的机会，愈要叫他自治，不能说他学识不足便找别人来'越俎代庖'。年幼的学生既然要练习自治，可是社会不好的环境常能改变他们本性，流入邪途，所以要有教职员指点他们自治的径途。就是说，教职员的责任就是帮助不能自治的学生去自治。如同不能自治的学生饿了不知道吃，不饿乱吃，教职员就应当给他讲食物卫生的理；至于一般能自治的学生更应当自治了。"

问："年幼不能自治的学生，由教职员帮助他自治，我是赞成的；但是能自治的学生——高等或大学——便可以不用教职员了？"

答："不然。照这么说，岂但教职员可以不用，就连校役清道夫理发匠洗衣局全可不用，由学生自治了！自治不是这样讲法。怎么讲呢？治自然由学生自治，可是行还是由教职员去执行。学校同工读互助团的分别也就在这一点。大总统是国民举的公仆，校长便是学生雇的总经理。关于学校的设施，教职员是责无旁贷；关于学生方面的动作，教职员却不得武断，得要尊重学生的自治的意见，因为教职员不过是学生的经理或顾问罢了。教职员要了解这层意思，'学生自治'的真精神才能实现呢。"

问："难道开除学生也得要听学生的主意吗？"

答："这是毫无疑义的，开除学生本是在自治范围以内的事。

美国斯坦佛大学今年二月里已经实行了,算不得什么希奇。学生的大多数以为这个学生应当开除,可见这个学生实在是不好,失了大家的信用,内中绝没有多大的冤屈的;至于校长开除学生,不过是校长一个人的判断力,感情用事的时候很多,所以冤屈的一定不少。况且校长对于学生的种种缺点,哪里有学生自己知道的详细呢?所以由学生开除,一定可免漏网的弊病。于各种违犯校章的惩罚,也应由学生组织'自治法庭'去办理才对。"

问:"学生自治好则好矣;但是学生到学校为的是学什么呢?竟讲自治,还有功夫读书吗?"

答:"学生为的是什么?'求学'两个字罢了;然而读书并不是求学的目的,是求学的一种方法,这个界限要看清楚。求学的方法多得很,'学生自治'也是求学的一种方法。所以'学生自治'同读书是并行不悖的。因为学校本身就是一种社会生活——并不是预备将来的生活——这句话是杜威说的,我以为很有理。老实一句话,中国学生的大缺点就是误认读书为学之目的,所以'青灯一盏','苦吟十年',到社会上还是个废物。总之,我想因为自治就是牺牲一点读书功夫,也值!"

问:"但是学生自治,于将来到社会上有什么好处?"

答:"学校同社会本来没有什么界限阶级,上文已经说过了。大凡一个人,无论什么时候,什么地方,全应当自治。学生时代虽然是求学,却未曾脱离了社会;所以并不是因为他是学生,才要自治,实在是因为他是一个人,不能不自治;不过一定要划学校同社会为两截,'学生自治'也得讲过去。在学生时代不养成自治的习惯,到社会上受压制也只好忍受,因为奴隶性已经长得根深蒂固,要自治也没有能力了;到那时可就悔之晚矣。"

问:"但是教职员现在为什么反对的多呢? 恐怕是他们的识见到底比学生高!"

答:"学生所以多数赞成自治,因为对于学生是有利益的。但是'学生自治'对于教职员并没有丝毫的害处;因为'学生自治'是来治己的,不是同教职员捣乱的,虽然好像是侵犯教职员的权限,其实不是侵犯,是收回,并且是减轻教职员的担负的。所以教职员反对'学生自治',如若是因为对于学生不利,我很愿意受教;如若……………………"

这是我同我的朋友滴愁君的谈话,还没有谈完熄灯了,现在也没功夫续完,歉甚,还望方家指正!

＊　本篇原载于一九二〇年四月二十四日《清华周刊》第一八五期,署名治华。

对清华文学的建议

一 清华文学当举唯美主义之大纛

> 纵横自有凌云笔，
>
> 俯仰随人亦可怜。

这是元遗山的两行诗。他的意思并不是说要故意的好高立异，矫众离情；不过是说人人各有他的个性，纯粹的模仿在艺术上是没有多少价值的。我想这不但是个人如此，团体也是一样的。譬如说，文学研究会的主张与创造社的便不相同；英国文学与俄国文学也各有各的风格。这是当然的事实。

清华的历史，虽只有十一年，但是很充实；清华的学生，虽前后只有千人，但大半是优秀分子。那么,清华在文学上也似乎该有他的特殊的主张;然而事实恰像是相反。清华果真是落伍者吗?不是。《清华学报》高谈易卜生、塔果尔的时候,远在什么《新潮》诞生以前。在一般混沌的时候,清华做他的领袖事业,在一般狂飙突进的时候,清华退隐潜韬,做他的自修的功夫和监督的责任——这是清华在文化运动里光荣的历史。假如清华现在对于文学有高超的主张和伟大的贡献,便无异于历史上添得一新纪元。清华文学的修养,深藏蕴酿,将似火山之爆裂,一发而石破天惊,将似急湍洪流,一泻而万里汪洋。据我臆测,清华将要诞生的骄子,将要供献的牢飨,将要树植的大纛,就是文学的唯美主义、艺术的纯艺术主义。这并不是妄想,由事实证明可知是极自然的可能的。

清华受的"美国化"已是病入膏肓了,但是穷则变,变则通,不受这样强烈的刺激也起不了极端的反抗。反抗的结果便是唯美主义、纯艺术主义。

清华处在乡下,避去城市的烦嚣。适应环境的结果,也便是对于唯美主义、纯艺术主义的热烈的歌颂。

假如我的推测是不错的,我们不久就要看见这个灿烂的旗帜,开始在中国文坛上飘扬掩映。我们欢呼罢!我们欢呼罢!

二　清华小说家当写清华生活

清华的小说家必定不少。我愿向他们建议,把清华的生活系统的或断片的写成小说的体裁。假如我们承认文学是表现人生的,或批评人生的,那么,我这个建议或者不是全无意义。学生生活原是我们生活中很重要的一叶;更何况是我们这个奇形怪状一应俱全的清华呢？我做这个建议的理由有二：

（一）宣示清华的生活的实况。《清华一览十周纪念册》等等，记载清华情形不为不详尽，但是过于呆板，不能引起读者的兴会。唯有小说是最适宜的体裁。例如读过《创造季刊》的人，大概没有对于日本留学生生活还不了解的，这就是大半因为《创造》有许多小说都是描述他们的生活的。我们若愿把清华生活宣示给国人，为什么不做些小说呢？

（二）作者的艺术手腕之训练。同学中有志文学的很多，现在也该动手预备了。经过艺术训练之后，文艺创作的天才才能显露出来。故此我们若为尝试创作起见，大可不必旁搜远撮，谈什么自己毫无经验的社会生活或恋爱生活，只就我们清华的本园土产，每天生活的家常便饭，也就尽够写的了。

二五〇期《周刊》上一樵的《半夜》和本期上焱的《分数报告》，他们的艺术价值现在且不批评，他们以清华生活做小说材料的这个办法，我是非常赞成钦仰的。清华文艺界没开辟的领土还多着呢！

*　本篇原载于一九二二年十二月二十二日《清华周刊·文艺增刊》第二期，署名秋。原文无标题，现标题系编者所加。

『灰色的书目』

在今年二月间,《清华周刊》同人请梁任公拟一"国学入门书要目",直到五月里这个书目才在周刊上登出。以后就有许多报纸杂志传录了。我个人觉得这种书目对于一般浅学的青年是多少有一点益处的;不料今天在副刊上读到吴稚晖的《箴洋八股化之理学》,才知道有人以为这书目是"灾梨祸枣""可发一笑","于人大不利,于学无所明"。

我觉得吴先生的文章倒真是有一点"灰色"!又长又冗的一大篇,简直令人捉不到他的思想的线索和辩驳的论点。里面文法错误欠妥的地方,不可计数;然而这是可以原谅的,因为"最高等之名流"写文章的时候往往是不计较其文章之通不通的。我最为吴先生惋惜的，便是他似乎不曾知道梁先生拟的书目的动机和内容，以致所下的断语只是糊涂，误解，孟浪！

我已经说过，梁氏拟书目是由于《清华周刊》记者的请求。胡适之的书目也是正在同时候请求拟作的。因为胡氏书目发表在先，所以梁氏书目附有批评的话。然而这决不是吴先生所说："梁先生上了胡适之的恶当，公然把……一篇书目答问择要，从西山送到清华园！"

整理国故原不必尽人而能，因为那是需要专门的人材，无须乎"大批的造"。假如代代能有几个梁启超、胡适去担任这个苦工，常为后学开辟求学的途径，那我们尽可高枕无忧，分工求学，或到法国去学"机关枪对打"，或到什么泗罗埃去学工艺。然而这些话在讨论梁氏书目的时候，是说不着的！梁氏书目的主旨不是要造就一大批整理国故的人材，只是指示青年以研究国学的初步方法——这是在梁氏书目的附录里已经写得明明白白，而吴先生不曾了解。

我不大明白，为什么国学书目是"灰色"的。这个理由，吴先生在他的灰色的文章里也并没有说出。要解答这个问题，先要知道国学的性质。国学便是一国独自形成的学问，国学便是所以别于舶来的学问的一名词。梁先生在与《清华周刊》记者谈话中曾说："国学常识依所见就是简简单单的两样东西：一，中国历史之概；二，中国人的人生观。"当然，学问这个东西，是不分国界的；不过中国在未开海禁以前，所有的经天纬地的圣经贤传，祸国殃民的邪说异端，大半是些本国的土产。到了现在，固然杜威、罗素的影响也似乎不在孔孟以下，然而我们暂且撇开古今中外的学问的是非善恶的问题不论,为命名清晰起见,把本国土产的学问叫做国学,这却没有什么不可以的。今依梁氏之说,假定国学的常识(梁氏书目实在也不过是供给一些常识)是中国历史和中国人的人生观,我觉得这就很有研究的价值,换言之,很有做书目的价值。假如吴先生没读过中国历史,他就不能够说出"孔孟老墨便是春秋战国乱世的产物"的话;假如吴先生不知道中国人的人生观,他就不能够写出《箴洋八股化之理学》的大文;假如吴先生在呱呱落地之时就"同陈颂平先生相约不看中国书",他就连今天看《晨报副刊》的能力都没有了。为什么吴先生到现在似乎很有些国学知识,反来"过水拆桥",讽刺一般青年"饱看书史"为复古,攻击开拟国学书目的为妖言惑众?

梁氏书目预备出洋学生带出洋的书只有十四种,见周刊原文篇末的附函,而吴先生乃糊里糊涂的以为全书目皆是为出洋学生带出洋的,唉,这真是吴先生自己所说"凡事失诸毫厘,差以千里"了。今为宣传"祸国殃民"的"妖言"起见,把梁氏拟应带出洋的书目列于下:

《四书集注》　　　　《石印正续文献通考》

《相台本五经单注》　《石印文选》

《石印浙刻二十二子》《李太白集》

《墨子间诂》　　　　《杜工部集》

《荀子集解》　　　　《白香山集》

《铅印四史》　　　　《柳柳州集》

《铅印正续资治通鉴》《东坡诗集》

其中几乎一半是中国文学书，一半是经史子集。这是一切要学习中国韵文散文，所必须读的根基书。没有充分读过这种"臭东西"的，不要说四六电报打不出，即是白话文也必写不明白。如其吴先生以为留学生的任务只是去到外国学习"用机关枪对打"的"工艺"，那我也就没有话说；若是吴先生还知道除了"用机关枪对打"以外，留学生还有事可做，有事应做，那么"出洋学生带了许多线装书出去"倒未必"成一个废物而归"！

以为"什么都是我国古代有的"，这种思想当然是值得被吴先生斥为"狗屁"；而以为国学便是古董遂"相约不看中国书"的思想，却也与狗屁相差不多！外国的学问不必勉强附会，认为我国古代早有，而我国古代确是早有的学问，也正不必秘而不宣。自夸与自卑的思想都是该至少"丢在茅厕里三十年"的！当然见仁见智，不能尽人而同，然而立言之际也该有些分寸。譬如你主张先用机关枪对打，后整理国故，那么开设文化学院的人并不一定和你主张根本冲突，只是时间迟早之差罢了。那又何必小题大做把异己者骂得狗屁喷头！

*　本篇原载于一九二三年十月十五日北京《晨报副刊》。

第三辑

荷花池畔

学校的球场上，渐渐的看不到我的影子；喧笑的堆里，渐渐的听不到我的声音。在留恋的夕阳、皎洁的月色里，我常独做荷花池畔的顾客，水木清华的主人。小同学们也着实奇怪，遇见我便神头鬼脸的议论……

荷花池畔（1921 年）

你说你是好意，为什么又使我烦恼？好好的一泓碧水，我却不由的看做幽涧深坑；芬芳开着的花儿，多少蜂蝶围绕着，也似理不理的鄙视我了；澄明的月儿也藏在云里不肯伴我了！你说你是好意，为什么又使我烦恼？

夕阳啊！你明天落的时候，稍微快一点吧！你的残光刺得我心痛。你既不肯不去，你就快点去罢，一线的光明刺得我心痛。

假山石啊！你是我的朋友。你不会说话，很好；我愿意有一个不会说话的朋友。我的朋友太多了！他们都会说话；但是他们不爱同我说话呢！不会说话的朋友！我

229

爱你!

荷花池啊!微风吹过你的脸皮,你不用皱眉。你看一看你自己;水心里不是映着一个又圆又亮的月儿吗?你不要皱着眉;你要皱眉,他们就看不见你的冰清玉洁的心了!

啊!"快活本身就含有苦恼;快活若不含有几分苦恼,苦恼会从外边搀进去的。"

* 本诗原载于一九二一年五月二十八日《晨报》第七版。

荷花池畔（1922年）

宇宙的一切，裹在昏茫茫的夜幕里，
在黑暗的深邃里氤氲着他的秘密。
人间落伍的我啊，乘大众睡眠的时候，
　独在荷花池腋下的一座亭里，运思
游意。

对岸伞形的孤松——被人间逼迫
到艺术家的山水画里去的孤松——
耸入天际；虽在黑暗里失了他的轮廓，
但也尽够树丛顶线的参差错落。

我的心檀香似的焚着，越焚越炽了；
我从了理智的指导，覆上了一层木屑，
心火烧得要爆了，也没有一个人知道，
只腾冒着浓馥的烟，在空中袅袅。

不过是一株树罢了,可是立在地上,
便伸臂张手的忘形的发育了;
不过是一条小溪啊,他自由的奔放,
尽性的在谷峡里舞跃,垣途上飞跑。

为什么我的心啊,终久这样的郁着,
不能像火球似的轰轰烈烈的燃烧,
却只冒着浓馥的烟在空中旋绕?
为什么又有点烬火,温着我的心窝?

我的心情的翅,生满了丰美的翎毛,
看着明媚的浮光啊,我心怎能不动摇?
我要是振翅飞进昊天的穹窿里去呢,
我怎知道,天上可有树,树上可有我的巢?

她本是无意的触着我的心扉,
像疾驰的飞燕,尾端拂着清冷的水面;
但只这一点的刺激,引起了水面上的波圈
不停的荡漾,直漾到了无涯的彼岸。

久郁着的心情都是些深藏的蓓蕾,
要在春里展放他们的拘扭的肢体;
但是薄情的春啊! 瞟了一眼就去了!

撇下彷徨的心灵,流落在悲哀的雾里。

被她敲开了的心扉,闸不住高潮的春水,
水上泛着些幻想的舟儿,欲归也无归处;
舟子匍伏祷祝着海上的明珠啊:
在情流里给他照出一条亨通的航路。

她说她是无意,误来拂拭了我的心扉,
像天真的小孩践踏了才萌的春草,
但是为什么引动我的悲哀的琴弦,
直到而今啊,奏出那恼人伤魄的音调?

荷花池水依旧的汪着,澄清澈底,
红甲纱裙的金鱼几番的群来游戏;
今朝啊,却似昏邓邓的幽涧深坑,
隐着无数泣珠的鲛人,放声的哀恸!

紫丁香花初次感着可怕的寂寞,
也怨恨自己的身躯,牢牢在枝上绊着,
摧残一切的风啊!请先把我的身躯吹散,
好片片的飞呀,追随那蝴蝶儿做伴!

我的心情就这样疯狂的驰骤,
理智的缰失了他的统驭的力,

我不知道是要驶进云幔霞宫，

还是要坠到人寰的尘埃万丈里去。

　＊　本诗原载于一九二二年十一月二十四日《清华周刊·文艺增刊》第一期。
在现存的梁实秋诗作中，有两首《荷花池畔》。一首是散文诗，共五段，不分行
不押韵(见本辑第一篇)；一首即是本诗，共十三节，节四行押韵。据梁实秋在
《槐园梦忆》中说："我的第一首情诗，题为《荷花池畔》，发表在《创造季刊》，
记得是第四期，成仿吾还不客气的改了几个字。诗没有什么内容，只是一团
浪漫的忧郁。荷花池是清华园里唯一的风景区，有池有山有树有石栏，我在
课余最喜欢独自一个在这里徘徊。诗共八节，节四行，居然还凑上了自以为
是的韵。"所说情况与本诗稍有出入，不知是否作者记忆之误，待考。

尾生之死

《庄子·盗跖篇》："尾生与女子期
于梁下,女子不来,水至,不去,抱梁柱
而死。"

一

尾生张目一望:
尽是一片冷僻的荒场!
"我若和我的爱人要会,啊!
可在那方!"

他怕那灿烂锦簇的人间——
那里人们的心情烟消火灭的寂静,
那里人们板起冷酷的面孔——
那里是戕杀生机的雪地冰天!

尾生独自盘想，

尾生和他的爱人细细的商量：

"黄昏时候，桥梁下，

倒好尽情的欢会，叙诉衷肠。"

二

尾生无心人事，

心里满蓄着甜蜜的希望；

他渴盼着黄昏，

不由的诅咒了斜挂的夕阳。

他把镂心刻骨的积愫，

一桩桩的重新细理，

准备着和她相晤

一缕缕的向她倾吐——

萦缠的相思越理越乱，

蠕动的时间越移越慢，

他此刻的心花

蠕得像春之花一般绚烂。

三

乡村的灯火莹莹，

深林的犬吠喑喑；

尾生佩着紧涨的心弦

到桥下守着爱人的约信。

桥下一泓流水

潺潺的奏着琮琤的仙乐，

桥畔一幅草茵

阵阵的放出鲜湿的香馥。

这正是情人们的逋薮，

这正是情人们密会的时候——

尾生的心兀自忡忡，

"为什么不见我爱的踪影"？

四

桥上死沉沉的渺无声息

只有归去的牧群蹒跚的徜徉……

独有他的爱人的踏步，

总不跫然来叩他的心房！

退了金辉宝座的夕阳

引致得一片暮霭弥漫；

"吾爱终要陪着西升的月亮

追踪到这昏黑的桥畔？"

尾生守着桥梁凝想：

爱人来时，何等的醉人模样！

但是，他的开花的希望，

只在死灰的黄昏里彷徨。

五

"爱人啊！黄昏深了！
你若步出这寥廓的荒郊，
也该看到这冷清的桥下，
一星爱火正在燃烧。

"爱人啊！月儿吐了！
满地渲染着绰约的树影——
你若终于像石沉大海，
可不枉负了良辰美景？

"爱人啊！晚潮涨了！
渐渐的要漫上了桥梁！
渐渐的要浸灭我的爱火，
爱人啊！你倒是来不来啊？"

六

桥下的汐流,汹涌澎湃，
尾生的身躯半浸在水里；
他的鲜红的燃烧着的心
要像珊瑚一般沉下水去。

天色黑到不可辨了，
远远的灯火像无数只泪眼
对着这个忠诚的波臣
发出同怜的抖颤。
他紧紧的抱住了桥梁——
如他搂抱他的爱人一样；
任洪水涛天，任汐潮泛滥，
"既是要约啊，终于要相见"。

七

尾生仿佛看见洛神的模样，
彩裳凤髻，姗姗的履在水上——
但和他的爱人有些不同，
爱人的眼里有热爱的光芒。
尾生仿佛听见活活的流水，
忽的奏起叮咚的音响；
但是不似爱人的语声
声声的打入心房。

潮水溢上了尾生的顶，
溢到桥梁一样的平——
只是一片茫茫的水
在茫茫的夜里徐行……

Epilogue

尾生就这样的抱住了桥梁，

如他搂抱他的爱人一样，

爱人始终不来，

尾生也始终抱着桥梁不放。

＊　本诗原载于一九二三年四月清华文学社初版《文艺汇刊》。

最初的一幕

> 记忆的泉
>
> 涌出痛苦的水,
>
> 结成热泪的晶!

回想我二十岁的那年,竟做了我一生的关键,竟做了这篇小说的开场!

墙上挂着的日历,被我一张一张的撕下去五分之一了;和暖的春风把柳丝也吹绿了;池水油似的碧着;啾啾的雀儿,在庭前跳跃,代替了呱呱叫着的老鸦。明媚的春光啊!我的学校远在城外,没有半点的尘嚣;伴着我的只是远远的一带蜿蜒不断的青山,和一泓清澈的池水,此外便要算土山上的松与石了!陪着我玩的是几个比我年纪轻的小同学。

在我生辰的那天——三月八日——弟妹们凑出他们从糖果里搏节的钱,预备了酒筵,给我祝寿。

我很惭愧的陪着他们饮那瓶案下存了三年的红葡萄酒,因为这是犯学校规则的呀。父亲拈着胡须品酒,连说:"外国货是比中国货好!"母亲笑嘻嘻的凝视我,嘴唇颤动了好几次,最后说:"你毕竟长成人了!你的长衫比你哥哥的要长五分!"小兄弟小妹妹只是拉拉扯扯的猜哑拳。

是啊!我自己也觉得不是小孩子了!小妹妹要我陪她踢毽子,我嗔着骂她淘气;她恼了,质问我:"你去年为什么踢呢?——对了!踢碎了厅前的玻璃窗还要踢?"我皱一皱眉,没得分辩。我只觉得我现在不是小孩子了!

学校的球场上,渐渐的看不到我的影子;喧笑的堆里,渐渐的听不到我的声音。在留恋的夕阳、皎洁的月色里,我常独做荷花池畔的顾客,水木清华的主人。小同学们也着实奇怪,遇见我便神头鬼脸的议论,最熟习的一个有时候皱着眉问我:"你被书本埋起来了?"别的便附和着:"人家快要养胡须了,还能同我们玩吗?"我只向他们点头、微笑,没有半句话好说。我只觉得一步跨出了小孩子的天真缦烂的境界。

玫瑰花蕾已经像枣核儿般大了。花丛里偶尔也看见几对粉蝶。无名的野草,发出很清逸的幽香,随风荡漾。自然界的事物,无时不在拨弄我的心弦;我又无时不在妄想那宇宙的大谜。

哦!我竟像大海里的孤舟,没有方向的漂泊了;又像风里的柳絮,失了魂魄似的飞了。我的生活的基础在哪里,一生的终结怎么样,快乐究竟是什么?……这些问题全做了我脑海里的不速之客,比我所夙来最怕的代数题还难解答。

我对课本厌倦了!我的心志再也不遵守上下课铃声的吩咐。校役摇铃,我们又何苦做校役的奴禁呢?教员点名,我还他一个"到"!教员又何尝问我答"到"的是我的身体,还是我的心?这全是我受良心责难时,自己撰出来的辩白。

想家的情绪,渐渐的薄淡,也是出我意外的。我没有像从前思家的那样焦急,星期六早晨我不在铃声以前醒了;漱盥后,竟有慢慢用朝餐的勇气——这固然省得到家烦母亲下厨房煮面,但是头几次竟急煞校门外以我为老主顾的洋车夫!

素嫌冗腻的《红楼梦》不知怎么也会变了味儿,合我的脾胃了;见了就头痛的《西厢记》竟做了我枕畔的嘉宾。太谷儿的《园丁集》、但丁的《神曲)都比较的容易透进我的脑海。

若不是案头常期的摆着一架镜子,我不免要疑心我自己已然换了一个人;然而我很晓得,心灵上的变化,正似撼动天地的朔风奔涛澎湃的春潮一般的剧烈。

粘在天空的白云,怎样的瞬息间变化呢?

那天——四月里的一天——风和日煦,好鸟鸣春,我在夕阳挂在树颠的时候,独步踱到校门外边,沿着汩汩的小溪走去。春风吹在脸上,我竟像醉人一般,觉得浑身不可名状的酥泰。岸旁的小草,绿茸茸的媚人——绿进我的眼帘,绿进我的心田。我呆呆的望着流水,只汩汩的响着过去,遇着突起的几块石头,便花楞花楞的激起许多碎细的水点儿。我真是痴了!年年如此的小溪,有什么好看的呢?竟使我入了催眠的状态!

我只是无精打采的走去,数着岸旁的杨柳,一株,两株,三株……九株,十株……呀!忘了!唉!不数了也罢!

走过麦陇,步到一座倾圮的石桥,长板的石条横三竖四的堆着,有的一半没在水里,一半伸在水面,像座孤岛似的。这座桥已然失了他的效用;我是不想渡河的,看着他坍废的样子,倒也错综有致呢!

我往常走在这里,也就随步的过去了;这次竟停住了足,不忍的离开。在对面的河岸,一个十五六岁的穿着淡红衫子的村女踞在一块平滑的石头上浣衣。夕阳射在她的脸上——没有脂粉的脸——显出娇缦的天真。她举着那洗衣的木杵七上八下的打衣服,在我的耳朵听来,有音乐的节奏似的;水面的波纹,一圈一圈的从她踞着的地方漾到河的这边坡岸。我只记得我从前对于女子并不怎样的注意,这天却有些反常。我看着她慢慢的浣衣,心里觉得有一种不可言喻的愉快,虽然不交一语,未报一眯。

夕阳终于下山了,遗下半天的彩霞;她也终于带着衣服,沿着麦陇里的陌路,盈盈的去了,交付了我一幅黯淡的黄昏的图画。

我真是妇女的崇拜者啊!宇宙间的美哪一件不是萃在妇女的身上呢?假如亚当是美了,那么上帝何必再做夏娃呢?"女人的身是水做的;男人的身是泥做的。"是啊!尼采说:"妇女比男子野蛮些。"我真要打他一个嘴巴子了!

"我看你终要拜倒石榴裙下!"一位同学这样不客气的预测我。我又何必不承认呢?

那群男同学们,整天的叫嚣,粗野的举动,凌乱的服饰,处处都使我厌弃他们了!然而怎样过我的孤寂的单调的生活呢?

满腔是怨,怨些什么?我问青山,青山凝妆不语;我问流水,流水呜咽不答……

我鄙夷那些在图书馆埋头的同学们,他们不懂什么叫做快乐。我更痛恨那些斗方的道学家,他们不晓得他们自己也是人。

我知道我已经不是小孩子了;但还不知道不是小孩子的悲哀。我步步的走进生命之网。这只是最初的一幕啊!

右《最初的一幕》是 C 君的长篇小说《茧》的第一章。作者自云:写完此章,觉得满腹抑郁,一齐奔注笔尖,竟成均势之局,第二章再也写不出一个字来。《茧》于是就此搁笔。翟君其有独立性质,促其发表;余亦以为聊当短篇小说读可也。

* 本篇原载于一九二二年三月三十一日《清华周刊》第二四二期,署名 C. H. L.。

苦雨凄风

一

　　那是初秋的一天。一阵秋雨淅淅沥沥的落了下来，发出深山里落叶似的沙沙的声音；又夹着几阵清凉的秋风，把雨丝吹得斜射在百叶窗上。弟弟正在廊上吹胰子泡，偶尔的锐声的喊着。屋里非常的黑暗，像是到了黄昏；我独自卧在大椅上，无聊的燃起一支香烟。这时候我的情思活跃起来，像是一只大鹏，飞腾于八极之表；我的悲哀也骤然狂炽，似乎有一缕一缕的愁丝将要把我像蛹一般的层层缚起。啊！我的心灵也是被凄风苦雨袭着！

　　在这愁困的团雾里，我忽的觉得飘飘摇摇，好像是已然浮游在无边的大海里了，一轮明月照着万顷晶波……一阵海风过处,又听得似乎是从故乡吹过来的母亲的呼唤和爱人的啜泣。我不禁悲从衷来,泪如雨下;却是帘栊里透进一阵凉风,把我从迷惘中间吹醒。原来我还是在椅上呆坐,一根香烟已燃得只剩三分长了。外面的秋雨兀自落个不住。我深深的呼吸了一口气。

母亲慢慢的走了进来,眼睛有些红了,却还直直的凝视着我的面上。我看着她默然无语。她也默默的坐在我对面,隔了一会儿,缓声的说:

"行李都预备好了么? ……"

她这句话当然不是她心里要说的, 因为我的行装完全是母亲预备的,我知道她心里悲苦,故意的这样不动声色的谈话,然而从她的声音里,我已然听到一种哑涩的呜咽的声音。我力自镇定,指着地上的两只皮箱说:

"都好了,这只皮箱很结实,到了美国也不致于损坏的……"

母亲点点头,转过去望着窗外,这时候雨势稍杀,院里积水泛起无数的水泡,弟弟在那里用竹竿戏水,大声的欢笑。俄顷间雨又潇潇的落大了。

壁上的时钟敲了四下,我一声不响的起来披上了雨衣,穿上套鞋……母亲说:"雨还在落着,你要出去么? "

我从大衣袋掏出陈小姐给我饯行的柬帖,递给她看,她看了只轻轻的点点头,说:"好,去罢。"我才掀开门帘,只听见母亲似乎叹了一声。

我走到廊上,弟弟扯着我说:"怎么,绿哥?你现在就走了么?这样的雨天,母亲大概不准我去看你坐火车了……"我抚弄他的头发,告诉他:"我明天才走呢。你一定可以去送我的。今天有人给我饯行。"

我走出家门，粗重的雨点打到我的身上。

二

公园里异常的寂静，似是特留给我们话别。池里的荷叶被雨洗得格外碧绿，清风过处，便俯仰倾欹，做出各种姿态。我们两个伏在水榭的栏上赏玩灰色的天空反映着远处的青丽的古柏，红墙黄瓦的宫殿，做成一幅哀艳沉郁的图画。我们只默默的望着这寂静的自然，不交一语。其实彼此都是满腔热情，常思晤时一吐为快，怎会没有话说呢？啊！这是情人们的通病罢——今朝的情绪，留作明日的相思！

一阵风香，她的柔发拂在我的脸上，我周身的血管觉得紧张起来。想到明天此刻，当在愈离愈远，从此天各一方，不禁又战栗起来。不知是几许悲哀的情绪混和起来纠缠在我心头！唉，自古伤别离，离愁果是"剪不断，理还乱"的了。

我鼓起微弱的勇气，想屏绝那些愁思，无聊的向她问着：

"你今天给我饯别，可曾请了陪客吗？"

她凝视了我一顷，似乎是在这一顷她才把她已经出神的情思收转回来应答我的问语。她微微的呼吸了一下，颤声的说：

"哦，请陪客了。陪客还是先我们而来的呢。"她微微的向我一笑，"你看啊，这苦雨凄风不是绝妙的陪客吗？"

我也微微报她一笑，只觉一缕凄凉的神情弥漫在我心上。

雨住了。园里的景象异常的清新，玳瑁的树枝缀着翡翠的水叶，荷池的水像油似的静止，雪氅黄喙的鸭儿成群的叫着。我们缓步走出水榭,一阵土湿的香气扑着鼻观;沿着池边的曲折的小径,走上两旁植柏的甬道。园里还是冷清清的。天上的乌云还在互相追逐着。

"我们到影戏院去罢,雨天人稀,必定还有趣……"她这样的提议。我们便走进影戏院。里面的观众果似晨星的稀少,我们便在僻处紧靠着坐下。铃声一响,屋里昏黑起来,影片像逸马一般在我眼前飞游过去,我的情思也似随着像机轮旋转起来。我们紧紧的握着手,没有一句话说。影片忽的一卷演讫,屋里的光线放亮了一些,我看见她的乌黑的眼珠正在不瞬的注视着我。

"你看影戏了没有?"

她摇摇头说:"我一点也没有看进去, 不知是些什么东西在我眼前飞过……你呢? "

我勉强的笑着说:"同你一样的……"

我们便这样的在黑暗的影戏院里度过两个小时。

我们从影戏院出来的时候,蒙蒙的细雨又在落着,园里的电灯全亮起来了,照得雨湿的地上闪闪的发光。远远的听见钟楼的咚咚的声音,似断似续的波送过来,只觉得凄凉黯淡……我扶着她缓缓的步到餐馆,疏细的雨滴——是天公的泪点,洒在我们的身上。

她平时是不饮酒的,这天晚上却斟满一盏红葡萄酒,举起杯来低声的说:

"愿你一帆风顺,请尽了这一杯罢!"

我已经泪珠盈睫了,无言的举起我的酒杯,相对一饮而尽。餐馆的侍者捧着盘子,在旁边惊诧的望着我们。

我们从餐馆出来，一路的向着园门行去。我们不约而同的愈走愈慢，我心里暗暗的慊恨这道路的距离太近！将到园门，我止着问她：

"我明天早晨去了……你可有什么话说么？……"

她垂头不响，慢慢的从她的丝袋里取出一封浅红色的信笺，递到我的手里！轻声的叹着，说："除纸笔代喉舌，千种思量向谁说？……"

我默视无言，把红笺放在贴身的衣袋里。只觉得无精打采的路灯向着我的泪眼射出无数参差不齐的金黄色的光芒。

我送她登上了车，各道一声珍重——便这样的在苦雨凄风之夕别了！

三

我回到家里，妹妹在房里写东西，我过去要看，她翻过去遮着，说："明天早晨你就看见了。今天陈小姐怎样的饯行来的？……"我笑着出来到母亲房里，小弟弟睡了，母亲在吸水烟。

"你睡去罢！明天清早还要起身呢……"

我步到我的卧房，只觉一片凄惨。在灯下把那红笺启视，上面写着：

绿哥：

　　我早就知道，在我和你末次——决不是末次——是你远行前的末次，话别的时候，彼此一定只觉得悲哀抑郁而不能道出只字。所以我写下这封信，准备在临行的时候交给

250

你。这信里的话是应该当面向你说的,但是,绿哥,请你恕我,我的微弱的心禁不起强烈的悲哀的压迫,我只好借纸笔代喉舌了。

绿哥!两月前我就在想象着今天的情景,不料这一天居然临到! 同学们都在讥笑我说,我这几天消瘦了;我的母亲又说我是病了,天天强我吃药。你该知道我吃药是没用的,绿哥,你去了,我只有一件事要求你,就是你要常常的给我寄些信来,这是医我心灵的无上的圣药了。

看到这里,窗外滴滴答答的响个不住,萧萧的风又像是歔欷着。我冥想了一刻,又澄心的看下去:

绿哥,我尝读古人句:"人当少年嫁,我当少年别⋯⋯"总觉得凄酸不堪,原来正是为我自身写照!只要你时常的记念着我,我便也无异于随你远渡重洋了。

"科罗拉多泉"是美国名胜的地方,一定可以增进你的健康,同时更可以启发你的诗思。绿哥,你千万不要"清福独享",务必要时常寄我些新诗,好叫一些"不相识的湖山,频来入梦"。我决计在这里的美术院再学几年,等你的诗集付印的时候可以给你的诗集画一些图案。绿哥,你的诗集一定需要图案的,你不看现在行的一些集子吗,白纸黑字,平淡无味,真是罪过! 诗和画原是该结合的呀!

你去到外国,不要忘了可爱的中华!我前天送你的手制的国旗愿长久的悬在室内,檀香炉也可以在秋雨之夜焚着。

你不要只是眷念着我，须要崇仰着可爱的中华，可爱的中华的文化！

绿哥！别了！我不能再写下去了，因为我的话是无穷止的，只好这样的勉强停住。秋风多厉，珍重玉体！

妹　陈淑敬上　临别前一日

我往复的看了数遍，如醉如痴的靠在卧椅上，望着这浅红的信笺出神。我想今夜是不能睡的了，大概要亲尝"枕前泪共阶前雨，隔个窗儿滴到明"的滋味了。忽的听见母亲推开窗子，咳嗽了一声，大声的说：

"绿儿！你还没睡么？该休息了，明天清早还要去赶火车呢。"

我高声答道："我就去睡了。"我捻灭了灯，空床反侧，彻夜无眠。一阵阵的风声，雨声，在昏夜里猖狂咆哮。

四

看看东方的天有些发白，便在床上坐起来，纱窗筛进一缕晨风，微有寒意。天上的薄云还平匀的铺着。窗外有几只蟋蟀唧唧的叫着。我静坐了片刻，等到天大亮了，起来推开屋门。忽然出我意料之外，门上有一张短笺，用图钉钉着；我立刻取了下来，只见上面很整齐的写着：

绿哥：

请你在发现这张短笺的时候把惊奇的心情立刻平静下去；因为我怕受惊奇的刺激，所以特地来把这张短笺钉在你的门上。你明天不是要走了么？我决定不去送你；并且决定在今夜不睡，以便等你明晨离家的时候，我还可以安然的睡着。请你不要叫醒我，绿哥，请你不要叫醒我。我怕看母亲的红了的眼睛，我怕看你临行和家人握手的样子。绿哥，你走后，我将日夜的祷告，祝你旅途平安，只要你答应我一件事，明天早晨不要叫醒我！再会罢！

紫妹敬上　苦雨凄风之夜

我读了异常的感动，便要把这张信纸夹在案头的书里。偶然翻过纸的背面，原来还有两行小字：

你放心的去好了，你走后我必代表你天天的找陈淑玩，想来她在你去后也必愿和我玩的。

我不禁笑了出米。时光还很早，母亲不曾起来，我便撕下一张日历，在背面写着：

紫妹：

我一定不把你从梦中唤醒，来和我作别。我也想大家在梦中也作别，免得许多烦恼，但这是办不到的。临别没有多少话说，只祝你快乐！你若能常陪陈淑玩，我也是很感谢你的。再谈罢。

绿哥

我写好了便用原来的图钉钉在紫妹卧房的门上，悄悄的退回房里。移时，母亲起来，连忙给我预备点心吃。她重复的嘱咐我的话，只是要我到了外国常常给家里寄信。

行李搬到车上了。母亲的泪珠滚滚的流了出来，我只转过头去伸出手来和她紧紧的握着，说声："母亲，我走了……"

"你的妹妹弟弟还在睡着，等我去叫醒他们和你一别罢……"

我连忙止住她说："不用叫他们了，让他们安睡罢！"我便神志惘然的走出了家门。凉风吹着衣裳……

我走出巷口折行的时候，还看见母亲立在门口翘首的望我。

*　本篇原载于一九二三年八月《创造周报》第十五号。

校 歌

汪鸾翔 作词
张慧珍 作曲

西山苍苍 东海茫茫 吾校庄严 巍然中央

东西文化 荟萃一堂 大同爰跻 祖国以光

莘莘学子 来远方 莘莘学子 来远方

春风化雨 乐未央 行健不息 须自强

自强 自强 行健不息 须自强

自强 自强 行健不息 须自强

－（京）新登字083号

－ 图书在版编目（CIP）数据

－ 我在清华/梁实秋著；刘宗永，纪篁主编. —北京：中国青年出版社，2011.4
－ ISBN 978-7-5006-9871-5
－ Ⅰ.①我… Ⅱ.①梁… ②刘… ③纪… Ⅲ.①散文集–中国–现代 Ⅳ.①I266
－ 中国版本图书馆CIP数据核字（2011）第049275号

－ 责任编辑 | 杜海燕
－ 装帧设计 | 瞿中华

－ 出版发行 | 中国青年出版社
－ 社　　址 | 北京东四十二条21号
－ 邮　　编 | 100708
－ 网　　址 | www.cyp.com.cn
－ 编 辑 部 | 010-57350503
－ 门 市 部 | 010-57350370
－ 印　　刷 | 三河市君旺印装厂
－ 经　　销 | 新华书店
－ 规　　格 | 660×970
－ 开　　本 | 1/16
－ 印　　张 | 16.5
－ 插　　页 | 3
－ 字　　数 | 140千字
－ 版　　次 | 2011年4月北京第1版
－ 印　　次 | 2011年10月河北第2次印刷
－ 印　　数 | 8001－13000册
－ 定　　价 | 23.00元

－ 本图书如有印装质量问题，请凭购书发票与质检部联系调换　联系电话：（010)57350337